小さな妖精に転生

~好き勝手に過ごしていたら色々問題が解決していた

1

fe

Illust
riritto

CONTENTS

第一章
妖精と王女
009

第二章
2つの月
093

特別書き下ろしエピソード
閑章
妖精を求めて
243

あとがき
316

第一章
妖精と王女

転生 ⁂ 妖精

あれ？　ここどこ？

って言うか、何してたんだっけ？

周りを見渡せばここが森だということだけはわかる。でもなんかおかしい。木の1本1本がめちゃくちゃ太いし高い。山の中の高圧電線用の鉄塔くらいあるって。でっか。

……いや、よくよく見ると木の周りの草とかもでかくない？

見上げていた顔を下げて、今度は足元を見てみる。

うわ、浮いてる！　浮いてるよ私！

ふと背後に視線をやると、当たり前のようにトンボのような透明な羽が……。服はちょっとファンシーなピンクのワンピースで、見た目はまんま妖精だ。

えーと……、私って妖精だった？

飛んでいる高度を落として周りの草や小石、行きかう虫などを観察していく。全部でかい。これはあれだね、周りが大きいんじゃなくて私が手の平サイズな気がする。

手の平サイズの妖精？　私が？

直前の記憶がまったくないんだけど、記憶喪失ってヤツ？

だけど何か違和感がある。私って人間だったような気がするんだよね。そもそも元々から妖精な

んだとしたら、自分が手の平サイズと思うかな。手の平サイズってのは人間の主観じゃないかな？　妖精の主観なら自分が等身大で、人間がめっちゃでかいという認識になると思う。

そもそも木とか草とか見て大きいって思うこと自体、自分が元々妖精サイズじゃなかったたっていう証拠じゃん、たぶん。ってことは、生まれ変わったってこと？　妖精に転生？

うーん……。ま、いっか。

んでここは……、全てが大きいってこと以外は普通の森っぽいけど、どこの森なんだろう？

って、虹!?　でかっ！　空を見上げるとめちゃくちゃ大きな虹がかかってる。色も白いしなんか普通の虹じゃないっぽいけど、なんだあれ？　しかもよく見ると月が２つあるよ。

虹はもしかしたら私の知らない自然現象なのかもしれない。自分が手の平サイズになった影響で大きく見えてるだけかもしれない可能性もある。だけど月が２つはダメだ。絶対地球じゃないよ。

でもまぁ、息はできてるし、木とか草も普通っぽいから問題ないか。

そんなことより今後のことを考えよう。

まずは森から出た方が良いのかな。けど、下手に森から出ると捕まって一生籠の中も有り得るかも？　でもでも、森を出ないにしても周辺の情報は欲しいよね。地図でも表示するか。

ぽわっ
え、地図出た。地図出せるんだけど私。すご。

周囲の状況を再現した半透明で緑色の立体ホログラムみたいな地図が自分の目の前に浮かんでいる。なんか当たり前のように地図出せると思ったし当たり前のように地図が出たけど、あれ？　地図って普通出せるもんだっけ……。まぁいいか、出せて便利なことはあっても不都合なんてないでしょ。

それにしてもこの地図、なんか赤い点が表示されてんだけど。しかも動いてるし……。行ってみるか。

あ、この地図オートマッピングだ。すご、便利。

地図を表示しながら赤い点に向かって飛んでみる。普通に飛べてるね。特に羽音もしないのは良かった。これでハチみたいにブーンって音がしてたら精神的にキツかったかもしれない。あと、結構な速度で飛んでるけど目が乾いたりはしないね、風は感じるんだけど。

おっと、なんか向こうから嫌な感じがする。地図の点と嫌な感じの場所は同じかな。

あ、あれか。肉食っぽい動物だ。魔物っぽい。地図の赤い点はつまり魔物だったのね。近寄らない方が良いかな。赤い点がない方に行こっと。

◆

あれからしばらく移動してると、地図上に点がいっぱい出てきた。しかも赤い点だけじゃなくて青い点もある。

青はなんだろ？　赤が魔物だったから青は人間？　つまり魔物に人間が襲われてる？　森の中に街道があって、移動中の旅人か何かが襲われてるのか。どうしよう、助けに行くべき？　でも人間を助けたとして私が捕まらないかな？　なんてったって妖精だ。この世界での妖精の価値がわからないけど、もし超珍しい存在だったら捕まえられるかもしれない。

行って何ができるのか、助けられるのか、という疑問は湧いてこない。人間が怪我をしていれば治癒できるし、劣勢なら支援魔法が使えるということが当たり前のように把握できていた。

そっか、魔法使えるのか私。ってか魔法あるんだこの世界。まぁ半透明の地図がホログラムみたいに浮いてるんだから魔法くらいあるか。

よし、魔法があるなら自衛もできるでしょ、とりあえず様子を見に行こう。

お、やっぱ人だ！

近づいてみると、森の中の道ですごく豪華な馬車をムサイおっさん連中が取り囲んで、馬車の護衛だろう騎士と交戦していた。

森の中から出ずに様子を窺う。手の平サイズの私が見つかることはないでしょ。っていうかやっぱり手の平サイズだったのね私、人間超でかい。

んで、これは騎士が青でムサイおっさんが赤ね。赤点は魔物じゃなかったのか。ムサイおっさんは何だろう、山賊？　森だから森賊？　いやえっと、ああそうだ、野盗か。

おっさん側から悪意のようなものを感じるから、実は騎士側が悪者でおっさんたちが体を張って何かを守る良い者って展開はないでしょ。つまり地図の赤点は何か良くないモノで、青点はそうじゃないモノなのかな。これは助けるべきか……。

とりあえず倒れている騎士たちに回復魔法を使ってみよう。えーと、こういう感じかな……、どうだ？

お、動いた。立とうとしてる！　よかった、ちゃんと回復できたっぽい。騎士側も野盗側も不思議そうに一瞬ポケッとしたけど、次の瞬間には騎士たちが一斉に攻めだした。

よし、補助魔法もかけてあげよう。んーと、たぶんこうして、こうやって……。お、できた？

ふふふ……、びっくりしてる。よーしよしよし、いけ！　そうだ！　やっつけろ！

◆

ほどなくして騎士が野盗を制圧した。ってか、殺してしまっていた。

うわー、普通に殺すんだ……。でもそりゃそうか、見たところ中世っぽいし、あんな豪華な馬車を襲った野盗を逃がすわけにもいかないだろうし、かと言ってあんな人数捕縛してもこんな森の中じゃ連行するのは現実的じゃなさそうだしね。

見ているとと馬車からメイドさんに続いて凄く綺麗な女の子が出てきた。

銀髪とかやっぱ異世界すご。めっちゃ美人だしすっごい高そうな服着てるし、あれは貴族だね。

間違いない。でも何を話しているかわからないな。音はよく聞こえてるんだけど言語がちんぷんかんぷん、皆うにょうにょ言ってるようにしか聞こえない。

っ!?　こっち見た？　見つかった？　こんな小さいのに？

銀髪ちゃんがこっちに近づこうとする素振りを見せたので、慌てて草むらの奥へ引っ込む。

銀髪ちゃんと数人の騎士たち、それからメイドさんもしばらくこっちを見ていたけど、何やら話した後銀髪ちゃんはまた馬車に乗った。それに続いてこっちを見ていた騎士たちも動き出す。

ふぅ、めっちゃドキドキしたよ。野盗の死体を処理していた騎士たちも作業を終えたっぽいし、どうやら出発するみたいだね。

どうしようかな、あれに付いてけばとりあえず街に行けるでしょ。うーん……。

よし、行くか。

出会い ✦ 王女ティレス

この国は目に見えて衰退し始めている。

まだ成人すらしていない王女である私も外交に駆り出されるほど、人手が足りていない。

数年前から不作が続き、さらには優秀だった前宰相が病で亡くなられた。しかもこの冬には王妃であるお母様まで同じ病に臥せってしまわれている。

前宰相に病状が出始めたときは大した病ではないと思われ、それほど大事にはならなかった。初期段階では仕事すらされていたほどだ。

しかしお母様に同じ病状が出た際には、唯一の前例が死亡例であったため王城は大騒ぎとなってしまった。

冬の終わりと春の始まりを告げるガルム期。そのガルム期が過ぎるとすぐに、王太子である第一王子の兄と私は、食料の融通とお母様の治療を他国へ要請するため、大使として派遣された。兄は南の隣国に、私は西の隣国にだ。

兄弟は第二王子である兄がもう一人いるが、こちらは東側の国境に留まっている。東隣の国とは数年前まで戦争をしていた仲であり、休戦中とは言え未だ警戒が必要なのである。

私が遣わされた西隣のエネルギア王国は、魔術大国と呼ばれるだけあって非常に高名な魔術師が居られる。あの方ならお母様の病も治せると期待していたのだが、交渉は話にすらならなかった。診断すら断られ、食料融通要請も全く取り合って頂けなかったのだ。

国が傾けば、悪いことが連鎖的に起こるのだろう。失意の中で帰国中だった私は野盗に襲われた。

「1班は右を抑えろ！　2班は左だ！　3班はそのまま馬車を死守！　負傷者は動けるなら3班に合流しろ!!」

「くそっ！　なんだこいつら、やけに手練れじゃねーか！」

護衛騎士たちの叫ぶ声が聞こえる。

当初は野盗ごとき問題ないと思われたが、数が多いだけでなくそこそこ腕も立つようだ。護衛騎士に負傷者が出るばかりか押されていることに戦慄する。

「姫様、心配は無用です」

最初はそう言っていた侍女も今では顔面蒼白だ。

一昔前では護衛付きの王族が野盗に襲われるなどあり得なかった筈だ。ここ数年の不作で野盗が増えているとは聞いていたが、まさかここまでとは。目をつむり思う、覚悟を決めねばならないかもしれない。

そんな悲壮感は突然の優しい光によって振り払われた。

何が起こったのかを瞬時に理解できた者はいなかったのではないだろうか。車窓から見える範囲では護衛も野盗も、馬車内では侍女も私も惚けていた。

「傷が……、治ってる……？」

倒れていた護衛が立ち上がり、それを見た護衛隊長が即座に指示を出す。

「1、2班は前に戻れ！　3班はそのまま！　いっきに潰すぞ！」

その直後またあの優しい光が降り注ぎ、それからは圧倒的だった。あれほど苦戦していた相手を瞬時に追い詰め制圧したのだ。

「はぁ、はぁ、はぁ、ふぅ、ふぅう……。姫様、もう大丈夫です」

顔面蒼白だった侍女、ニーシェもどうやら復帰を果たせたようだ。

「そう、ありがとう。少し出るわ」

「いけません！　危険です！」

即座に反対するニーシェを押しやって私は馬車の外に出た。それを見た護衛隊長が駆け寄ってくる。

「ティレス様！　お怪我はありませんか!?」

「ええ、対処ありがとうございました」

「いえ！　もったいないお言葉です！」

大柄な男が私のような子供相手にとても嬉しそうにする。有難いことだ。

「それで、途中光が降り注ぎましたが、あの光は何だったのかわかりますか？」

そう問いながら、私は視線を森へ移す。光っているのだ。いつから光っていたのかは分からないが、襲撃中にはすでに気づけば光っていた。

護衛隊長もそちらに視線を向ける。

あれは……、精霊様？　いえ、妖精様？

昔絵本で見た妖精そのままの容姿をしている。人形のような手の平サイズの美しい少女が、光の粒子を散らしながら羽を生やして浮かんでいるのだ。綺麗な緑色の髪に桃色の服を着た小さな小さな少女だった。

普通、女性の容姿を語るとき髪の長さが話題に上がることはない。何故なら王族から庶民まで皆、女性は腰ほどまで髪を伸ばしているからだ。だというのにあの妖精様の髪は肩下あたりまでしかない。羽の邪魔になるからだろうか。

本人は隠れているつもりなのか目があった瞬間に非常に驚いていたが、これほど光の粒子を振りまいていては隠れられる筈もない。

「なっ……！」

護衛隊長と侍女が驚愕の表情を浮かべる。

まわりの護衛騎士も気づき始め、皆驚いているようだ。

それはそうだろう、おとぎ話の絵本や聖書の神話でしか目にしない妖精が目の前に実在しているのだから。

「これは……、どうしましょうね」

思わずつぶやいてしまった。

「うーむ、どうにもできないのではないでしょうか」

問いかけた訳ではなかったが、護衛隊長は律儀に答えてくれる。

私が1歩踏み出すと、妖精様は草むらの奥に引っ込んでしまわれた。どうやら出てこられるつもりはないらしい。

「そうですね……、出てこられるつもりもないようです」

平時ならコンタクトを取り王城へ迎え入れる選択肢もあったのかもしれないが、野盗や魔物が出る森の中で妖精様と悠長に交渉などできはしまい。かと言って、助けられた身でまさか捕まえる訳にもいかないだろう。それよりも今は、一刻も早く王都へ帰還する必要がある。

「そのままにして出発しましょう」

「ハッ！　おいお前ら、出発だ！　隊列を整えろ、休憩は森を出てからだ！」

私は馬車に戻り、ほどなくして隊列が出発した。

ふと気付くと、馬車の天井から光の粒子が降り注いでいたのだった。

王都へ ✧ 妖精

貴族の馬車を助けてから私は、その馬車の屋根の上に隠れたまま運ばれていた。

森を抜け休憩をはさみ、今はのどかな田園地帯を移動している。

すごく広い空の下、少し小振りだけど青々とした作物がサワサワと風に吹かれ、そんな優しさに囲まれた道をガタゴトと馬車が進んでいく。まるで自分がファンタジーＲＰＧの中に入ったみたいだよ。

馬車のまわりを騎兵が数十騎取り囲んでいて、空にはバカでかい白い虹が浮かんでいる。周りを取り囲む騎士と大きな大きな白い虹がファンタジー色を爆上げしてくれていて、私のテンションは天井知らずだね。

太陽を見ると少しずつ右へ傾いていっているように思う。

ここは北半球なのかな。南半球なら太陽は左に動いていくはずだよね、たぶん。すると今は東へ向かっているのか。んで、あの巨大な白虹がある方向は南ってことだ。

私が出せるホログラムのような地図は周りの人間の位置が点でリアルタイム表示されるほど高性能だけど、方角とかの情報はなかった。だけど、白虹がある方が南、これだけ覚えておけば方角は問題なさそうかな。

そう言えば結構な時間が経っているけど、あの白虹は消えずにずっとあるね。普通の虹ならとっくに消えていそうなもんだけど、やっぱ普通の虹じゃないのかな。あの大きさと太陽や地平線の位置関係から考えると、白虹の真下は赤道付近になる気がする。そうだとすれば、あの白虹は赤道をくるっと半周近くは覆っていることになる。

それにしても馬車の旅は思った以上にヤバい。揺れが半端ないよ。

人間サイズならお尻が痛い程度で済むのかもしれない。でもこれ妖精サイズだと上下の揺れ幅がものすごく大きく感じる。想像してみてよ、20㎝ほど上下に揺れる乗り物を。これはきつい、絶叫マシンかな？

◆

日が傾き始めたころ一行が停止した。

む、今日はここで野営？

少し大きめの木の下で道幅が広くなったスペースに馬車が止まると、何やら会話した後に騎士たちがテントを張り食事の準備をしだした。あの美人な銀髪ちゃんは出てこないけど、メイドさんが出てきてテキパキと動いている。

ぼーっと観察していたら、衝撃的なことが起こった。相変わらず言葉は何を言っているかわからなかった。

魔法を使ってる！　何人かの騎士やメイドさんが、食事の準備に魔法を使いだしたよ！　ちっちゃな魔法陣が指先に光ると火が出てくる。

この世界は人間も魔法が使えるのか。野盗と戦っていたときは誰も魔法を使っていなかったから、魔法は妖精みたいなファンタジー生物しか使えない可能性も考えていたけどどうやら違ったっぽいね。

じゃぁ、なんで戦ってたときに使わなかったんだろ？　戦闘に使うほどの威力は出ないということかな？

ふと、私はお腹が減っていないことに気が付いた。

少なくとも妖精になってからは何も食べていない。なのに、目の前で食事の準備をされていてもちっとも空腹を感じない。すでに理解している、自分は何も食べなくても生きていけるということを。改めて私は人間じゃなくなったんだなぁと思った。

それでも、馬車の中で銀髪ちゃんが飲んでいる甘そうな紅茶は飲んでみたい欲求にかられる。どうやらこの体は甘味を求めているようだ。

どうにかして見つからないように甘味を拝借できないかと狙っていると、気づけば朝だった。どうやらいつの間にか寝てしまっていたみたいだね。馬車はもう動き出していて、私はひどい馬車揺れで飛び起きたのだった。

◆

うっはー、すっご！

遠目に大きそうな街が見える。

野盗を倒した日から３日が経っていた。

途中、町や村は見かけたけど立ち寄ることはなく、どうやらこの一行はかなりの強行軍で進んでいるんだと理解していた。けど、そんな旅ももうじき終わるのかもしれない。

見渡す限りの大草原に、ところどころまっすぐな木が生えている。少し小高い丘に大きそうな街がそびえてて、まるで丘が帽子を被っているように見える。遠すぎてまだよくわからないけど、とんがり屋根の塔もいくつか見えた。これはお城か？　お城があるのか!?

まわりの騎士たちは誰もがあの街に目をやり、安堵や懐かしさといった表情を見せている。あの大きそうな街が目的地なんだろうな、そう思わせるには十分なリアクションだ。

道中は何度か狼のような魔物などに襲われたけれど危なげなく対処されていた。よっぽどあの野盗がイレギュラーだったんだろうね。

街のそばには大きな河もあるようで、街が近づいてくると大きめの船が行き交っているのが見えてくる。不規則に曲がりくねっているように見えるから、運河じゃなくて自然の河が隣接してるっぽい。

太陽は後ろにあるから河面がキラキラと輝くようなことはないんだけど、その分街はまるで私を歓迎するとでも言わんばかりに、夕日をいっぱいに浴びて朱く美しく輝いてるよ。反対側から見るのもきっとすごいんだろうな。夕日を背に黒くシルエットになった街と、キラキラと橙色に反射した河面の対比は絶対綺麗だって。

近づいたことで、やっぱりあの街は大きいんだと判断できた。

街は大きな壁に囲まれているから、ここからだと中がどうなっているのかわからないね。早く中に入りたい。

これまでの道中で見かけた町も世界遺産の街並みみたいでかなり興奮したけど、今見えている大きな街は段違いだよ。私のテンションも上がりっぱなしだ。

何を隠そう、私は中世西洋の街並みが大好きなのだ。というか、ファンタジーな街並みが大好き。

前世の記憶はほとんどないけれど、たぶん前世でヨーロッパ旅行をしてもこれほど感動しなかったんじゃないかな。何せどれだけ中世っぽい街並みでも、車とかの現代文明的なものが絶対視界に入る筈だもんね。

でもここは生の世界、実物ライブ体験中なのだ！　しかも魔法があり自分のような妖精もいるファンタジー世界！　テンション上がらないわけないでしょ！

そうこうしている内に、街の入り口が近づいてきた。

街は城壁のような大きな壁に囲まれ、これまた城門のようなめちゃくちゃ良さげなバカでかい門がある。門の上は見張り台なのかな、少し高くなっていた。

街の付近の道は舗装されているようで、これまでの地獄のような揺れが大分マシになっていた。うれしい。ずっとガタゴトガタゴトと進んでいた馬車の音は収まり、今では馬の蹄の音がカッポカッポと響いている。

でも大きな街にしては出入りしている人を見かけないね。

検問とかしていて街に入りたい人の行列ができているイメージだったけど、そんなことはないみたい。門の通過はノンストップだった。

ただ、１人の新人ぽい門番さんが放心していたのか、騎士の１人に注意をされていた。頑張れ新人くん、ちょっと挙動不審だったぞ。見ていた私は思わず苦笑いしてしまった。

門を抜けると全体的に白っぽい壁と赤い屋根の建物が立ち並んだ街並みが出迎えてくれる。すごく大きな街だ。大通りは３階建て、少し奥まったところは２階建ての建物が多いように見える。少ないけど４階建て以上の建物もあるね。街が丘の上にあるからか、中心に向かって上り坂になってる。

そしてやっぱりお城があった！　お城だ！　すご！

けど、夕暮れ時だからなのかな、どこか寂れた雰囲気も感じちゃうよ。

窓辺には植木鉢が置かれている建物が多いけど、花は咲いていない。何より人通りが全然ないし、城壁付近なんて壁の影のせいで真っ暗だ。

うーん、どこかもっとファンタジーなものを期待しちゃってたなぁ。いや、勝手に期待してただけなのはわかってるんだけど、街並みは思ったより普通だ。魔法陣が光ってたりクリスタルが浮いてたりドラゴンが鎮座してたりといったことは、これっぽっちもなかった。

それでも、まばらとは言え街の人はちゃんといる。そんな街の人たちはなんだかザワザワしてこちらを見ていた。貴族の馬車が珍しいのかな。

そんなザワザワとした落ち着かない雰囲気に包まれ、一行は私を馬車の屋根に乗せたまま街の奥へ奥へカッポカッポと登って行くのだった。

お城入れるかな？　入りたいな。

期待 ✦ 門番の男

俺は、その日も代わり映えなく門番として西門の警備を行っていた。

先輩方は古傷が痛むとかで、今朝も愚痴を聞かされた上に担当時間を肩代わりさせてきた。しかし楽な仕事だ。最近は治安が悪く王都への出入りはほとんどないため、ただ突っ立っているだけの日々が続いている。多少担当時間が増えたとしてもそれほど苦ではない。むしろ門番をしている最中は先輩方の愚痴から解放されるため有難いくらいだな。

そんな気の抜けた対応をしていたからだろう。近付いてきた一行に気付くのが遅れてしまった。

しかし俺だけが悪い訳ではないと思う。何故なら門番として待機していた数人の同僚および先輩方も、夕日に紛れこの距離でもまだシルエットしか見えない馬車と騎士達に気付かなかったのだから。

これが東門だったら怒られるでは済まなかっただろう。しかし外交不安が小さい西門は、他門と比べかなり緩い雰囲気なのだ。

そういや、不作対策のため隣国に行っておられたティレス第一王女様がそろそろご帰還されると連絡を受けていたな。

俺達はこれほど近付かれるまで気付かなかったことなどおくびにも出さず、さも遠くから気付いていましたよといった体《てい》で対応を始めた。

相手は王族だ。検問などせず素通りなのだから、特にこれといった作業など必要ない。王族を脅かす不審点や危険がないかを見守るだけだ。入都記録も付けているが、それを記入するのは俺じゃぁない。

敬礼したままの俺の前を一行が通り過ぎる際に、ふと馬車の上が光っていることに気が付いた。不審点だ！　どうしよう、危険はないのか!?　こんな事態初めてだ！　なんだあれ、妖精!?

一瞬放心してしまった俺だが、すぐに馬車上の妖精に関して報告しようと動く。しかし馬車後方に付いていた騎士の1人に報告は不要であると伝えられた。さらには他言無用を徹底するように指示されてしまった。

ちょっと待ってくれ、態度に出している奴はいないが、あの妖精に気付いたのは俺だけの筈がない。こんな下っ端の俺に目撃者全員の口止め指示なんて出さないでくれ！　相手は先輩方なんだぞ！　心の中ではそう叫んでいたが、まさか反抗できる訳もなく俺はただただ頷いた。

ふと、すでに少し遠くなった馬車の上を見上げると、妖精にとても綺麗で優しげな笑顔を向けられ俺は思わず赤面したのだった。

しばらくして近くにいた先輩が騒ぎ出した。

「治ってる！　痛くない、痛くないぞ!?」

この国では、ある程度年齢のいった経験のある人間が門番に収まっているような場合、皆何かしらの古傷を抱えている。数年前までの戦争の影響で、激しい戦闘に耐えられない元負傷兵が門番をしているのだ。それまで門番をしていた動ける人間は皆、東の国境隊に再編されたらしい。

そんな先輩方が騒いでいる。

最初は足に古傷を抱えていた先輩のようで、どうやら移動しようとした際に普通に歩けることに気付いたらしい。感無量といった様子で騒ぎ、それを見た他の先輩方が何をバカなと自分達の古傷を確認しだした。

「な!?　腕が普通に動く、違和感がないぞ……」

「お、俺もだ。腹の傷がなくなってる！　体を捻っても痛くないぞ！」

「なんだと……、俺は治ってないぞ。本当なのか？」

全員の古傷が治った訳ではなさそうだ。

治っていない先輩方からがっかりした雰囲気が伝わってきたが、俺もがっかりした思いだ。長らく聞かされうんざりしていた古傷に対する愚痴や自慢をもう聞かなくても良いと期待したんだけどな。

その夜の警備隊の会議で箝口令が敷かれた。

妖精に関すること、古傷が治った者がいることに関して他言無用だとさ。口止めを指示されていた俺は肩の荷が下りた思いだよ。

その後の話し合いで、古傷が治った先輩方は王女様の馬車の近くに配置されていたことが確認された。おそらく馬車上にいた妖精から一定範囲内に入った者だけが回復したのだろうとのことだった。

俺は昼間の美しい笑顔を思い出す。俺に向けて優しく微笑んでくれたあの妖精は、この傾き始めた国を救ってくれるのではないかと期待せずにはいられなかった。

王城 ✣ 妖精

いくつかの小さな川にかかる橋を越えて街を登っていくと、立派な黒い金属製の柵が立ちはだかった。柵の上部は尖がっていて返しまで付いていて、厳重に守ってますと主張している。柵の向こうはこれまでの街並みと明らかに違って1軒1軒の敷地が広い。ポツポツと豪華なお屋敷が立っているから貴族街なのかもなぁ。

その柵に付けられた立派な門に、私が無断乗車している馬車の一行が近付いていく。すると、門の脇にいた2人の兵士のような男が、ちょうど私たちがノンストップで通り抜けられるようにタイミングを計って門を開け始めた。

門の上には白い虹のようなアーチ状の装飾がされている。これはあれだ、空の白虹をかたどったものだ。そりゃあれだけバカでかい虹がずっと空にあれば、文化や宗教にも多少は影響してくるよね。

貴族街には豪華なお屋敷が立っているのが遠目にわかっても、木々に遮られて詳細まではわからなかった。なんだかわざと外から見え辛くしている気がする。意図的なのかもなぁ。

これまで軽い登山かなと思うほどの傾斜を登ってきたけど、貴族街は割と平坦だった。そんな貴族街をカッポカッポと通り抜けると唐突に森が始まり、あたりはファンシーな雰囲気に包まれる。そこここから妖精でも出てきそうな雰囲気だよ。あ、妖精は私か。森は貴族街と違って、また緩やかな登り斜面になっていた。森を抜けると堀があって、そしてその堀に架かる跳ね橋の先には、ようやく待望のお城が見えてくる。

この一行はお城に向かっていたんだね、薄々気付いていたよ。でもそうなるともしかして、馬車の中の銀髪ちゃんは貴族じゃなくて王族なのかな。幼そうな見た目に反して大人っぽい雰囲気だったもんね、王女様かー。

跳ね橋の先は立派な城壁と城門がある。城門の上部も白虹を模したと思われるアーチ構造になっていた。そんなアーチ状の門をくぐると、お城本体までの間にまた草地が続いていた。防衛目的なのか草地に通されている石畳の道は、これまで以上に傾斜がきつい。

私はここまで乗せてきてもらった馬車を、ようやく離れることにした。このまま付いていくと終点まで行ってしまって見つかっちゃいそうだしね。

城門内には大小いくつかの建物が立っているけど、とりあえずあの一番大きないかにもお城ですといった建物に向かってみよう。青い屋根の尖がった塔がいくつも付いていて「私がお城です」と主張している。あれがお城じゃなかったら何がお城なのかわからないほどお城だった。

近づいてみると、屋根の端や段差構造の要所要所にクチを開けたドラゴンの顔の出っ張りがあり、壁の一部にも何やら物語性のありそうなレリーフが施されていた。高く飛んで上から見てみると、お城はコの字型構造で中央に何もない広場があり、コの字の奥の中央が正面入り口のように見える。先ほど別れた馬車がそちらへ向かっていた。その裏手は庭園になってるっぽい。

うーん、どうしようかな。

こんなに素晴らしいお城があるんだから、観光しないという選択肢はない。幸い私は食事も必要ないっぽいし、馬車旅でも野外で問題なく寝起きできてた。ってことは、今後の生活に不安なんてこれっぽっちもないってことなんだよね。つまり観光し放題ってことよ。

でも街に入ったときにはまだ朱く照っていた太陽はもうほとんど隠れてて、あたりは薄暗くなっている。この世界はどうも照明が十分じゃないっぽいから、夜になるとたぶん真っ暗になっちゃうんじゃないかな。現に建物の陰になっている場所なんて、すでに真っ暗で何も見えない。まるで墨汁で塗りつぶしたみたいだよ。

私に備わっている能力が真っ暗でも光を灯せると主張してくるんだけど、そこまでして観光したいとは思わない。

それに、光を灯して真っ暗なお城をあちこち飛びまわっていたらなかなかにホラーだ。翌日にはお城に幽霊が出ると問題になってしまうかもしれない。ただの怪談話になればまだ良い方で、魔物のいるこの世界だと光る魔物と認識されちゃうかもしれない。討伐隊でも組まれたら洒落にならないよ。

どこかで夜を明かそうっと。明日、明るくなってから観光すれば良いんだ。時間なんていくらでもあるんだし、お金は持ってないけど、お金のかからない観光ならやりたい放題だよね。

よーし、じゃぁ寝られそうなとこ探そう。

帰還 ✦ 王女ティレス

これはどうしたことかしら？

馬車の中から外を眺め、私はしきりに疑問を浮かべた。

この国は今年も不作が予測されていた筈だ。私が隣国に旅立った際にはまだ種がまかれたばかりで私には分からなかったが、それでも早めに種まきされた作物の元気は無かったように見えた。

それがどうだ。畑には少々小振りなものの、青々とした作物が生き生きと育っている。素人目にも畑に活力があることが見て取れる程だ。

まさか、不作は終わった？　本当に？

森で野盗に襲われてから、私たちは予定を変更して途中の街を全て通り過ぎ、強行軍で王都を目指した。その甲斐もあって魔物の襲撃はあっても2度目の野盗の襲撃は受けずに済んだ。

街に立ち寄らなかった理由はもう1つある。馬車の上に妖精様が居られたからだ。妖精様を乗せたまま街に立ち寄ると要らぬトラブルを引き起こしそうだったこともあるし、何よりあれ程の癒しの力をお持ちなのだ。このまま王都まで妖精様をお連れできれば、お母様のご病気も治して頂けるかもしれない。そんな打算があった。

妖精様は馬車の上から全く下りてこられなかった。最初の出会いから考えて、もしかするとお隠れになっているつもりなのかもしれない。そのため、私たちは皆気付いていないように振るまった。妖精様は馬車の屋根の上に居られるためその様子は全く見ることはできなかったが、相変わらず光の粒子を散らしておられたので、そこに居続けられていることだけは判断できた。

3日間の強行軍を経て私たちは妖精様を連れたまま王都に到着することができた。出発前は味気ない灰色が立ち並んだ街並みに見えたものだが、相変わらず人通りは少ないものの街並みは夕日を浴びて色づき、王都がようやく永い眠りから覚めたかのように感じた。

しかし、遠くの王城は未だ沈んだ雰囲気に見える。いや違う、これは……。私は、妖精様に出会ってからこれまで道中で感じていた違和感の正体を、はっきりと認識した。前方は無機質で、私たちの周りから後方は鮮やかな街並みが広がっている。

帰ってきたら衰退から脱していたのではない。私達が通ったところが色づいているのだ。いや、妖精様が通られたところか。

具体的に何がどう変わっているのか説明はできないが、私達が通った後は明らかに場の雰囲気が良くなっていると感じられる。馬車の窓から横ばかりを見ていた私は気付かなかったが、おそらくこれまでの道中も前方をよく観察していれば、私達が通る前は活力がなく近付くにつれ場に活力が満ちるといった現象に気付けたことだろう。

馬車の窓から見えていた馬車横の風景は、色づいた後の風景だったのだ。

◆

王城の前で騎士たちと別れ、お父様である陛下に報告を上げるために謁見を求める。書面での報告は済ませてあるが、道中で遭遇した妖精様に関しては知らせを走らせただけだ。これから急いで報告書を纏める必要があるだろう。

馬車から去り際に馬車の上をさりげなく確認したが、すでに妖精様のお姿はそこに無かった。私は少し心配になる。なんとかしてあの妖精様をお母様の前にお連れしたい。

そんな思いで侍女を連れ王城の廊下を進んでいたところ、第一王子で王太子でもある兄がいた。

「お兄ちゃん！」

「こらこら、人前ではお兄様と呼ぶように言っているだろう？」

「あ……、申し訳ありません」

私は顔が真っ赤になる。

兄は南国へ行っていた筈だ。帰国はまだ先になると思っていたが、まさか私よりも先に戻られているとは思わなかった。

「おかえりティレス、どうだった？」

「……駄目でした。お母様の治療も断られ、食料援助に関しては、見返りにあり得ない金額を要求され……」

私は目を伏せて答える。まともに兄の顔が見られなかった。

「あれほどの金額を私の一存で決めることはできません。一度国に確認をしてから回答をしたく、しばらくの滞在を要望したのですが、それすら断られ、まるで追い出されるように帰国するしかない状況となってしまいました」

「そうか……、それは大変だったね。ティレスはまだ10歳なのに、辛い思いをさせてしまった。すまないね」

「いえ……、でも友好国ですのにあれほど素気無い対応をされるとは思いませんでした。やはり私のような子供では外交対応など侮られてしまうのでしょうか」

隣国での対応を思い出すと、気持ちがどこまでも沈んでしまう。

「ところで、お兄様の方はどうでしたか？」

「私の方も思わしくはない。治療に関しては全くだった。食料援助は取り付けられたが、それも十分とは言えない。南は高い山に隔てられている。山向こうのこちら側にはあまり興味が無いみたいだった。そもそも南は〝塔〟派が主流だしね……」

この国の空には非常に大きな白い〝橋〟が架かっている。周辺国からもあの大きな〝橋〟は見えるようで、あれを〝橋〟と呼んでいる国々を〝橋〟派と呼ぶそうだ。

ところが南方諸国からではあの〝橋〟が〝塔〟に見えるという。そのためこちらとは文化や宗教観念が大きく異なり、国同士の話し合いどころか行商などの個人間のやりとりすら難しいという。

私も、あの〝橋〟をどう見たら〝塔〟に見えるのか全く理解できないため、南方諸国の価値観を理解することはできないだろう。

「そうでしたか。その……、婚約相手の国も？」

兄の訪問予定国には、兄が婚約している姫君のいる国も含まれていた。縁のある国なら多少なりとも支援も期待できると思っていたのだが。

「ああ、フられてしまったよ。婚約は解消さ。こちらに未来を見いだせなくなったのだろうね」

「そんな……」

王族同士の婚約、それもほぼ交流のない相手だ。兄も愛着や未練はないのだろう、笑顔だった。

私もお相手にお会いしたことはないため、婚約解消自体に悲愴感はない。しかし相手国が見限る判断をする程、今の王国は衰退しているということなのだろう。現状は私の認識よりも悪いのかもしれない。

「これならエネルギアにはお兄様に行って頂き、私が南に赴けば良かった……。西のエネルギアにはお母様を治せるかもしれない高名な魔術師様が居られたというのに」

「こらこら、その話はもう何度も検討しただろう？」

兄はそう言って苦笑した。

「南国への道のりは険しい。高い山で隔たれている上、道も整備されているとは言えない。魔物の出没も西より多い。ティレスが向かうには危険すぎだ」

それを聞いて私は再び目を伏せる。自身の無能さに歯噛みした。

すると、突然城内がザワザワと騒がしくなり始めた。衛兵が走り回っている。

「どうした!?　何があった？」

兄が近くを走っていた衛兵を呼び止め問うと、衛兵は慌てて直立不動となり答える。

「ハッ！　城内を怪しげな光が飛び回っているとのことで、ただ今捕縛隊が組まれております！」

しまった、先に妖精様の根回しをしておくべきだった。

私はどこまで無能なのだろう。しかし後悔している暇はない、あの妖精様はこの国を救う唯一の手段なのかもしれないのだから。

大捕物 ⁂ 妖精

私は翌日の観光のため、どこか適当なところで夜を明かそうとしていた。それなのに、ふいに雨が降り出してくる。

ようやくお城についいて、いざ観光しようとした前日に雨が降るとかすごく残念なんだけど。今までずーっと晴れてたじゃん！

うーん、雨は考慮してなかったなぁ。さすがに雨の中外で寝る訳にはいかないって。

でも、ふと気づけば雨は私の体を透過していた。それを見て私は自分の能力にまた気づく。私はモノを透過できるんだ。なぜか、お城の壁も透過して中に入れるって確信できるよ。

雨は体を透過して濡れるようなことはなかったけれど、それでも雨の中外で夜を明かす気にはなれない。私はお城の壁をすり抜けて中に入った。

やっぱ壁通り抜けられるわ、私。すご。どこでも入りたい放題行き放題じゃん。

ほとんど覚えていないけど、壁を通り抜ける漫画やアニメは前世に多くあったように思う。私はずっと疑問だったんだ、壁の中に居るとき視界はどうなってんのかなって。壁抜け中はきっと視界は真っ暗なんじゃないかと思ってたんだけど……、視界は遮られず、普通に壁の向こう側が見えていた。

むむむ、とつぶやき今通り抜けてきた壁を意識して見ると、壁の向こうの外の景色が見える。どうやら壁抜けどころか透視もできるっぽいね。

そう言えば、ずっとなんの疑問もなく街並みとかを普通に認識してたよね。私はこんなに小さくなったのに、人間サイズの大きな街を前世のような感覚で普通に認識できてるってのはちょっと変だよ。

視界が普通じゃない気がする。私は光だけじゃなくて、魔力とかそういった不思議パワーで視界を確保してるのかも。でもまぁ、深く考える必要はないか。見えないのは困るけど、よく見える分には問題ないって。

いざお城に入ってみると、城内は意外に明るかった。廊下に等間隔に照明が並んでいて、薄暗い廊下を幻想的に照らしている。魔力を感じるね、魔道具なのかな。

観光は明日からと思ってたけど、これなら十分城内観光ができるね。私はそう思って城内を見てまわろうとした。だけど、目を点にして固まっているメイドさんと目が合ってしまう。

「ア、アシェールッ!?」

やば、逃げよ。

何か叫んでいたメイドさんを置いて、私はその場を飛び去った。

◆

そこそこ離れたところで私は観光を再開するつもりだった。さっきのメイドさんに追いかけられないように、壁抜けなども駆使して移動したのだ。

考えなしに移動したのが悪かったのかな、行く先々でいろんな人に見つかってしまった。途中、巡回していた兵士みたいな人に見つかってからしばらくして、大捕物が始まってしまった。

兵士がいっぱい追いかけてくる!

私がぐるんぐるん逃げ回り壁抜けして飛び去っても、その先でも兵士に追いかけられる。こんなに薄暗い城内でこんなに小さな私をよく見失わずに追ってこられるよね。メイドさんもいっぱい走

ってくる。頭の中では大混乱系喜劇のＢＧＭが鳴り響いていた。

網を投げられる。残念！　私は物を透過できるんだよーん！

あ、魔法使いだ！

あのローブ！　あの杖！　魔法使いだ！

３人の魔法使い、おじいちゃん、おじいちゃん、若者のローブ３人組がこちらに走ってくる。お城の中で魔法をぶっぱなすわけにもいかないからか、とくになにか魔法を撃ってくる感じはなさそう？　他の人たちと一緒に追いかけてくるけどひぃひぃ言ってるね、あんまり体力はないっぽい。

「おじゃーっ!!」

おじゃーって言った！　おじゃー！

現地語はわからないけど、きっとちゃんとした魔法名か呪文なんだろう。でも、かなりお年を召したように見えるおじいちゃんが迫真の表情でおじゃーと絶叫したその鬼気迫る勢いと、これまでの騒動で一番でかい叫び声に驚愕して私は回避が遅れた。

おじゃーの魔法はどうやら通せんぼ魔法っぽい。私の中の無意識がこれは一種の防御魔法だと言っている。目の前に魔法陣が輝き、結構なスピードで飛んでいた私は透過するのも忘れてぶつかってしまった。私の透過能力は常時発動《パッシブスキル》じゃなくて任意発動《アクティブスキル》なんだ。意識的に透過しないとすり抜けできない。雨は無意識で透過していたけれど、あれは雨を認識した上で当たるのが嫌だと思っていたからだ。

ふと見上げると、最初に目があったメイドさんが鳥籠を持って近づいてくる。

さっきまで全力疾走してたんだろうね、汗だくですごく息が荒い。

鳥籠を見ると、中ほどが少し膨らんでいる金色のアンティークっぽいかなりオシャレなものだった。扉にはまた白虹があしらわれている。この世界の標準的な扉の装飾なのかもしれないな。上側には蔦を被せたような小さめの花が鳥籠と同じ材質で装飾されていて、下側にはこれまた同じ材質で大きめの花が並んでいる。きれい。

私は考える。これは捕まった方が良いのかもしれないね。

ここまで大騒ぎしても殺さずに捕まえようとしているところを見ると、すぐに殺されるなんてことはないんじゃないかな。森の盗賊は捕える素振りもなくすぐ殺されてたし、殺すなら最初から殺しに来ていたハズだよね。

よくよく考えれば城内を逃げ回らずに壁抜けして外へ逃げることもできるけど、こんな大騒ぎされたんだ。このまま逃げて明日街へ観光に行こうものなら、大勢の兵士に追いかけまわされる未来しか見えないよ。

それにこんな騒ぐんだから、きっと妖精は珍しいんだ。そんな珍しい妖精がホイホイそこらへんを飛んでたら、他の貴族が争って手に入れようとするかもしれない。そんなとき王家の庇護下にいるとわかれば貴族も諦めるだろう。なんてったって、私は王女の命の恩人のハズだ。あのとき銀髪ちゃんとは目が合っている。涙目で訴えれば銀髪ちゃんのペットになれる可能性はかなり高い。私は王家の忠実なペットです！　わんわん！

私は近づいてきたメイドさんに抵抗することなく、鳥籠に入れられたのだった。

雨✣侍女シルエラ

その夜、待望のしっかりとした雨が降りました。

侍女を務めております私《わたくし》は、雨が振り始めたことを侍女長様に報告にあがるため廊下を足早に進んでおりました。

そんな私の目の前に、急に壁から光の球が飛び出して来たのです。

「よ、妖精っ!?」

私は目を見開き驚愕しました。薄暗い廊下で光り輝いていたため、まぶしすぎて逆によく見えませんでしたが、絵本に描かれるような妖精そのままの容姿の物体が浮いていたのです。

私に気付いた妖精のような光の球は、弾けたように飛んで行ってしまいました。

報告内容が増えたと私は急いで侍女長様のもとへ向かい、事情を説明して2人で鳥籠を用意しておりますと、何やら城内が騒がしくなって参りました。どうやら先ほどの妖精のような光の球が城内を飛び回っているようで、それを追いかける衛兵達が騒いでいるようです。

あれほど光り輝いていたのですから行く先々で発見されたことでしょう。気付けば多くの者達が走り回っております。

普段では王城内を走るなど、はしたないやら常識がないやらとひたすら嫌味を言われることでしょうに、この時ばかりは衛兵も騎士も魔術師も、文官も侍女も女中も下女も下男も私共も、誰から誰まで走りまわられており、上を下への大騒ぎでございます。比喩ではなくあの光の球は床を抜け天井を抜け、文字通り上へ下へと飛び回っているようなのです。

周りを見てオロオロする者や、やれあっちだいやこっちだと錯綜する指示。光の球が床を抜けると階段を駆け降り、天井を抜けると引き返し、壁を抜けるとその部屋主が捜索隊に加わり人が増え、今やこの王城内で走っていない者はいないのではないかという大騒動です。

「おじゃーっ!!」

遠くの方から魔術師団長様の雄叫びが轟きました。何かの魔術をご使用されたのでしょう。

魔術師団長様はお歳のため戦線に赴かれるようなことはなくなりましたが、それでも無詠唱で様々な魔術を行使なされる優れたお方です。ただ、魔術の行使の際に奇声を発せられる癖をお持ちのため、魔術師団長様が魔術をご使用された場合はそのお声で遠くからでも判るのでした。

息を整え私がその場へ向かうと光の球……、いえ、やはり妖精ですね。妖精は床に崩れ落ちておりました。魔術師団長様の何かしらの魔術の影響でしょうか、放心状態のようです。皆が固唾を呑んで見守る中、恐る恐る近付いてみますと妖精はこちらを見上げてきました。

逃げられないようにそぉっと鳥籠を近付け、私は妖精が混乱から回復する前になんとか鳥籠に捕らえることに成功したのでした。

「待ちなさい！　あなた！　その妖精様をすぐに解放するのです！」

なんとティレス第一王女殿下がアーランド王太子殿下と共にこちらへ走って来られました。王女殿下の全力疾走など、私初めて見てしまいましたわ。

せっかく捕獲した妖精……、妖精様でしたが、王女殿下の指示に逆らう訳には参りません。私は鳥籠の扉を開放し、妖精様が出ていきやすいように扉を自身と反対に向けて籠を掲げました。

……しかし、しばらく待ってみましたが妖精様が籠から出て来られることはありません。膝立ちでなにやらしきりに頭を縦にふって何かを訴えておられるようです。

「王女殿下、どうやら出て来られないようです。如何致しましょうか?」

「……」

王女殿下が無言で妖精様に人差し指を近づけますと、妖精様はそれに応えるように右手を王女殿下の指に乗せました。そして王女殿下の顔をじっと見つめられます。

王女殿下も妖精様の意図をご理解なされていないのでしょう、首を傾げられました。その際に王女殿下の指がわずかに動き、妖精様はすかさず右手を引っ込めて左手を乗せられました。

まわりで見守る大勢の人間も、この居たたまれない雰囲気に耐えられなかったのでしょう。まず下男下女からこの場を離れ、持ち場を放棄してきたであろう衛兵や侍女達も離れていきます。

報告の義務があるからか何人かの衛兵と文官、そして興味本位からか魔術師3人、私と侍女長、王女殿下と王太子殿下がこの場に残りました。

「この妖精様は私の命の恩人です。また、この国の救世主かもしれないのです。丁重にもてなしなさい」

「ティレス、それはどういうことだい?」

王太子殿下が王女殿下に問いかけられました。

「簡単な知らせは事前に走らせましたが、帰ってきたばかりで報告が遅れておりました。道中で野盗に襲われた件はご存じでしょう？　実はその際、護衛達が倒れ最早これまでというところまで追い詰められたのです」

「なんだって？　しかし護衛騎士に負傷者が出た報告は聞いていないよ？」

「ええ、護衛の負傷は妖精様が癒してくださいました。それに恐らく、護衛の強化もしてくださったのでしょう。妖精様が現れてからの護衛は、それまでの劣勢を覆して野盗を圧倒しました。さらには西の森から王都までの田畑を回復までしてくださったのです！」

「田畑を回復だって!?　それが本当なら食料問題がいっきに解決するじゃないか！」

王太子殿下は驚愕の表情を浮かべられ語気が強まりました。

そう言えば、このような大捕物が発生してしまいましたので、まだ王太子殿下までは伝わっていないのでしょう。

「王太子殿下、発言を宜しいでしょうか？」

「ああ、なんだい？」

「先ほど雨が強めに降り出しました。ちょうどこの大捕物が起こる少し前でございます」

「なんだって!?」

王太子殿下が窓際まで駆けて行かれます。本当ははしたないことでございますが、先程まで皆散々走りまわっておられたのです。今更でしょう。

「本当だ！　雨が降っている!!　いつもの弱い雨じゃない、ちゃんとした雨だ！　これで不作も大分改善するだろう、これも妖精様のおかげなのかい、ティレス？」

「そこまでは分かりませんが、その可能性は高いでしょう。私たちの悩みを妖精様が感じ取り、雨を呼んでくださったのだと思います」

「そうか……、そうか！　でかしたぞティレス！　何が『駄目でした』だ、大手柄じゃないか！」

「ありがとうございます。それで、妖精様をお母様のもとにお連れしたいのですが……。妖精様は癒しの力をお持ちです。きっとお母様のご病気も治して頂けると思うのです」

「ああ、それはいい考えだね」

王太子殿下の同意に対し、これまで無言で見守っておられた魔術師団長様が意見されます。

「まぁまぁ、待たれよ。すでに今宵は更けておるし、幸い王妃様の容態も今日明日ですぐに悪化するような状況ではないですじゃ。姫様も先ほど戻られたばかり、とりあえず今日はゆっくり休んで明日にしては如何ですかな？」

「……そうですね、お母様の主治医でもあるあなたが言うのならそうなのでしょう。多少気が急いていたようです。確かにこのような夜更けに病床のお母様を訪ねる訳にはいきませんね」

「よし、では明日妖精様を母上のもとへお連れしよう。予定は私の方で調整しておく」

「お願いします、お兄様」

どうやら、ようやくこの騒動にも終止符が打たれるようですね……。

ところで、そろそろ籠を下ろしても宜しいでしょうか。籠を掲げたままの私の腕はすでに限界を迎え、プルプルと震えているのでした。

犬と紅茶 ⁂ 妖精

私が鳥籠に入れられてすぐに銀髪ちゃんが走ってきた。そしてなにやら騒いだ後、メイドさんは鳥籠の扉を開けてそのまま胸の高さあたりまで鳥籠を掲げた。

これはどういうこと？　鳥籠は銀髪ちゃんの方へ差し出されている。

つまりアレか？　ペットからご主人様へのアピールタイム？　なるほど、こうしてはいられない。

私はちんちんのポーズで従順さを精一杯アピールした。銀髪ちゃんを見つめ瞳うるうる攻撃を発動。

仰向けに寝転んだ方が良いかな？

すると、銀髪ちゃんは私に指を差し出してきた。これはアレですね、わかります！

お手！　私は右手を銀髪ちゃんの指に元気よく乗せた。

どうだ……、伝わったか？　私の渾身のペットアピールが。これほど忠実な犬はなかなかおりませんよ、わんわん。周りに集まっていた人たちも固唾を呑んで見守っている。

首を傾げられた！　通じてない!?

おかしい、おかしいぞ。こんなに可愛い妖精さんの涙目うるうる攻撃を食らって平静でいられるハズなんてないよ。

……いや、待って。私は自信満々に自分が可愛いと思っていたけど、よく考えたら自分の顔がどんなか知らないぞ？　もしかしてブサイクなの!?　いやまて落ち着け、たとえブサイクでもぶちゃカワ枠を狙えるハズだ。諦めるな。

銀髪ちゃんの指がわずかに左に動く。わかりますよ！　おかわりですね！

私はすかさず左手を乗せた。

しばらくの沈黙、私は判決を待つ……。

すると周りにいた人たちが、どんどんこの場を去っていった。これはどういう判定⁉　成功？　失敗⁉

銀髪ちゃんと近くにいた金髪兄さんが話し合いを始めた。この金髪兄さん、銀髪ちゃんによく似てるね。兄妹かな？

金髪兄さんは突然叫んだり窓辺に走ったり戻ってきたりと情緒不安定だ。ヤバい、あんまり関わり合いにならない方が良いかもしれない。

鳥籠を掲げたままのメイドさんや、私に魔法をぶつけたおじゃーさんもたまに発言している。そうして鳥籠メイドさんの腕に限界がきたとき、ようやく話し合いが終わった。

プルプルしていて鳥籠ごと私も揺れるから大変だったよ……。

◆

金髪兄さんや、おじゃーさんたち魔法使いと別れ、銀髪ちゃんと鳥籠メイドさんと他の数人のメイドさんとで部屋に移動した。豪華だけど質素といった矛盾しているようでしていない絶妙な部屋だ。

この部屋に到着するまでの廊下での会話で、アシェールラという単語がよく出てきていた。

ははぁん、これはあれだ、ペットの名前相談だね！　たぶん新しくペットになった私の名前を考えていたんだろう。私に向かって話しかけるような仕草をするとき、言葉の先頭にアシェールラと付くことが多い。きっと私の名前はアシェールラに決まったんだ。

やったね、王家ペットの地位獲得！　もはや将来安泰と言っても過言じゃないよ。

ところでこの鳥籠、下側の床部分はふわふわの座布団が敷いてありなかなか居心地が良い。和風じゃないから座布団じゃないんだけど、西洋風の座布団、何て言うんだろ。

上からは止まり木として輪っかが吊られていた。この鳥籠に入っているのが小鳥なら、小鳥がオシャレな輪っかに止まって可愛く見えるんだろう。でも入っているのが私だと、まるで首吊りロープだよ。これは後で撤去しよう。

鳥籠メイドさんは鳥籠をテーブルの上に設置した。そのまま鳥籠を置くんじゃなくて、この鳥籠を吊るす台のフックに掛けた。この鳥籠専用の設置フックっぽい。材質が同じで装飾も花とかも似た雰囲気になっている。

揺れる。私がちょっと動くと揺れるよこれ……。そのまま鳥籠をテーブルに置くだけで良かったんじゃないかな。でもあれか、王家のペットだ。ゴージャスさが必要なのかもしれない。王家の忠実なペットである私は甘んじて受け入れる他ないね。

そんなことを考えていると、鳥籠メイドさんは紅茶を２つ淹れてきた。１つは銀髪ちゃんの前に、もう1つは……、む、これ私用か？　アシェールラと私の名前を呼んでいるから私のなんだろう。

ようやく！　ようやく私は甘味にありつけるんだ！　ひゃっほい！　私はテーブルのティーカップまで飛んで行った。

でも、ここで問題発生。でけぇ、でけぇよティーカップ……。どうやって飲めと言うの？

たぶん私のことを考えて小さめのカップを用意してくれたんだと思う。人間サイズとしてはかなり小さめな白い陶器の金縁柄のカップだ。取っ手が付いているけど持ち上げられるハズも……、あ、持ち上げられる、というかモノを浮かせることができるわ私。すご。

よしよし、これでやっと飲めるぞとティーカップを浮かせて傾かせ始めたとき、私は気づく。

これ、このまま傾けたら滝になんじゃん！　間違いなく私は紅茶を全身で浴びちゃうよ。やば、気づいて良かった。

私は自分サイズの小さなティーカップを作り、人間サイズのティーカップから紅茶をすくった。

……？　なんだこのティーカップ、無意識に作っちゃったぞ？　どうやら私は色々なモノが作れるっぽい。なるほどなるほど、なるほどね。でも今はいいや。そんなことより紅茶なのだ。

私は自分サイズのティーカップを作ったことでようやく紅茶を、飲めなかった。

ティーカップを普通に傾けても紅茶が出て来ないのだ。というか丸くなってる。なんだこれ、まさか表面張力？　おのれ物理法則、どこまで私を愚弄するんだ！

しかたなく私はティーカップに顔をつっこみ紅茶にクチビルを付けて吸い取ることにした。

熱っつ！　いやいやいやいやいや、紅茶に顔つっこんだら普通に熱いわ！　銀髪ちゃんやメイドさん

たちが残念なモノを見る顔で苦笑している。この世界にＳＮＳがあったら、私はおバカペットとして拡散されていたかもしれない。よかった中世、愛してるよ中世。……ないよねＳＮＳ？

銀髪ちゃんが紅茶を一口飲んだ後、何やら話しかけてくる。

綺麗な飲み方だった。まだ子どもだろうに、背筋もピンと伸びてて、ザ・お姫様って感じ。

それにしても何話してるんだろ？　ちんぷんかんぷんな音の羅列に、思わず首をかしげてしまう。

もしかしてあれか？　私に紅茶の飲み方を教えようとしている？　さすがに紅茶の飲み方くらい知ってるよ？　記憶があやふやだけど、私は元々人間で日本に住んでたのは間違いないと思う。

でも銀髪ちゃんたちは、まさか私が元人間だったなんて思わないだろうからね。一生懸命に紅茶の飲み方を教えようとしてくれてるのも、しょうがないのかもしれない。子どもが新しく飼ったペットに色々教えようとしてるんだと考えると、なんだか微笑ましく思えてきたよ。顔も自然と笑顔になっちゃうね。

その後私は鳥籠メイドさんに服を脱がされ採寸された。なになに？　服でも作ってくれるの？　さすが王家、ペットにも服を用意するってことね。

結局私は紅茶を飲めないまま、１日を終えるのだった。

地下水路　✦妖精

朝起きるとまだ雨が降っていた。うーん、がっつり降ってるなー。

昨夜採寸された後、銀髪ちゃんが部屋を出て行くのに合わせて全員居なくなったけど、鳥籠メイドさんだけは部屋に残っていた。

鳥籠メイドさんは私のお世話係なのかもしれないな。しばらく私の世話をしようとしてくれていた。ティーカップを片づけるときに私が作った謎ティーカップも持って行ったんだけど、今後はアレで紅茶を出してくれるのかも。どっちにしても飲めないけどね。

雨が降っていてイマイチ時間感覚がわからないけど、たぶん今は朝の早い時間帯だと思う。この部屋には廊下に出るドアとは別に隣室に繋がるドアがあって、そっちはどうも控室になってるっぽい。鳥籠メイドさんは昨夜隣室に引っ込んだまま、今もここにはいない。

私が入っている鳥籠の扉は開いたままだ。扉が閉まっていても透過すれば出られるんだけど、閉められてるんだったら出るなということなんだと思う。

つまり、扉が開いているということは自由に行動して良いってことじゃない？

犬というよりは猫的な扱いなのかもしれないな。自由に行動して良いってことは、観光に出掛けても良いってことだよね。雨は降っているけども、とりあえず私はお城の外に出た。

◆

さてどうしよっかな。

お城の周りを見てみると、お城の要所要所に装飾されているドラゴンのクチから雨水が排水されていた。マーライオンみたい。これ雨どいだったのか。

興味本位で排水を追っていく。屋根沿いには排水溝があり、その端に付けられているドラゴンのレリーフのクチから雨水は段々と下へくだって行って、最後には地面に落ちている。まるででかい打たせ湯のようにジョボボボと水が垂れ流されていた。

地面には水が落ちてくることを想定して草地の中にそこだけ大きな石が敷かれてあった。その石は水に打たれて凹んでいる。長年の排水で水に浸食されたんだろうな。ってことは、たぶんこのお城は結構古いんだろうね。石の侵食具合でお城の歴史を垣間見れるよ。

排水をたどって行くと馬車が通れそうな石畳の道の側溝につながっていた。石畳の道は中央が膨らんでいて両端には溝が掘られ、排水を意識した造りになっていた。

さらにたどって行く。

お城は丘の一番高いところに立っているから、排水をたどるとどんどんお城から離れてっちゃうな。色々なところから流れてきた排水が集まって小川のようになってくる。そしてその小川は地下につながっていた。

小川は雨水だけじゃなくて汚水も流れ込んでるっぽい。すごく汚そうでめちゃくちゃ臭い。魔物や野盗から感じた悪意のようなものを下水の奥からほんのり感じる気がする。こんな汚いと病気が流行っちゃうんじゃないかな。

なんとなくできるような気がして、私は地下への入り口から奥に向けて手をかざしてみる。綺麗になぁれっと……。するとポワッとした光が地下水路の奥まで広がり水が綺麗になった。

すご、これも魔法かな。どういう原理なんだろ。ま、考えても分からないからどうでもいっか。

私は汚水を綺麗にしていった。

汚水を浄化しながら地下水路を進む。地下水路の片側には人が通れる道があるから、人がメンテナンスに来ているのかもしれない。今は浄化しながら進んでいるからマシになってるけど、この汚さの中で働くなんて中々きつそうだね。

地下水路は曲がりくねっていて、いくつかの支道が合流していき次第に太くなっていく。この世界の文化レベルは思ったよりもすごいね。魔法があるからかなぁ。

進んで行くと通路に鉄格子があって侵入者を阻んでいた。

ホントはカギがなきゃ進めないようになってんだろね。でも鉄格子は何かで切断されちゃってて、人が抜けられる穴が開いてる。侵入者かな。

切断面が新しいね、こんなところに誰か来てるんだろうか。柵を切断して侵入するなんて、どう考えても正規の手順じゃない。浮浪者が住処にしてたりして。

ま、変な人に出会っても逃げればいっか。問題ない問題ない。

構わず私はさらに進む。

なんだか悪意みたいな反応が強くなってきている気がする。

しばらくあっちに行ったりこっちに行ったりしていると、悪意みたいなのの発生源っぽい場所を見つけた。地図で場所を確認すると、ここは街の中央付近っぽい。ホログラムみたいな立体地図は、今いる地下から地上の街まで上下構造もばっちり表示してくれるのだ。

問題の場所にそろーっと近づくと、地下水路の水の中に大きな袋が括り付けられている。人間の大人1人がやっと背負えるくらいの大きさだ。

なんだかよくわからないけど、あまりよろしくないモノだということだけはわかる。もしかしたら何かの理由があって設置されてるのかもしれないけど、言葉の通じない私は誰かに確認を取ることができない。

ま、いいや。浄化しちゃえ。

手をかざして謎のポワッとした光を袋に当てると、漏れ出ていた悪意みたいな反応が消える。これは良いことをした、悪いことじゃない。怒られないでしょ。

んで、この袋は……、ほっといてもいっか。

んー、結構長いこと探検してしまったな。

地下水路はかなり入り組んだ迷路のような構造をしているけど、私が迷子になる心配はない。ホログラム地図で帰り道もばっちりだ。地図を確認していると地下水路はお城にも繋がっていることに気づいた。探検気分だった私は、地下水路経由でお城に帰ることにした。

お城に向かう途中で通路の雰囲気がガラリと変わる。これまで通ってきた地下水路、ぶっちゃけ下水道だ。汚い。その下水道の片端の通路の壁が壊され、古いけどそれほど汚くはない地下道に繋がっていた。古い地下道はお城に繋がっているだけじゃなくて、反対方向にも延びている。

うーん？　もともとあった下水道とお城の地下道を、後から無理やり繋げたのかな？　壁の破壊面はまだそんなに汚れてない。最近繋げられたんだね。よくわからないけど通れるならいっか。

私はそのままお城に向かった。

通路の終点に到着すると行き止まりだった。私は気にせず壁を透過してお城に入る。

これは隠し扉になってるのかな？

お城の地下に出たので私は上を目指す。普通に道をたどると曲がりくねって面倒くさそうだったから、いくつか天井を透過して上を目指した。

途中、いきなり床から出てきた私にびっくりした人に何人か会ったが気にしない。こちとら王家のペットやぞ、文句ないでしょ。

体は浄化したから汚れてはないんだけど、たぶん下水道なんだろう地下水路にいたんでなんとなく気持ちが悪い。昨日の大捕物で飛び回ったお城の構造を思い出しながら、私はお風呂を探した。

こんなに排水設備が発達してる文明レベルなんだから、お城ならお風呂くらいあるでしょ。

あちこち飛び回って私はようやくお風呂を見つけた。広い。円形の湯船は中央に小さめの噴水設備まであって、なかなか豪華な造りだよ。蛇口とかもそこかしこが金色になってて高級感ばっちりだ。

蛇口がある？　下水道だけじゃなくて上水道まで完備してるの？　すご。それともお城だけのマンパワー設備なのかな。

残念だけど今は噴水設備からお湯が出ていないどころか、湯船にもお湯は張られていない。でもま、問題ないよ。えーと、湯船に手をかざしてっと、お湯出ろ～。

ほら出た。魔法があればお湯も出し放題だ。小さな私の体に不釣り合いな量のお湯がドバドバと手から出ていき、そんなに時間をかけず湯船はお湯でいっぱいになった。魔法がある世界ってこんなにも便利なんだなぁ。この世界の人間はさぞかし楽に生きてるんだろうね。

お風呂に入るために服を脱ぐ。脱いだ服はどうしようか、その辺に置いとけばいっか。

ひゃっほー、お風呂だー！　私は湯船に飛び込んだ。

しまったな、ついなみなみとお湯を張ってしまった。人間サイズならちょうど良い深さだろうけど、妖精サイズだと足が着かない。私は泳いだ。泳いでいる内にふと気づく、羽だ。私は羽をバタ足で泳ぐように動かしてみる。

ずばばばばばば！

あはははははは！

クロールなんて目じゃないほどの速度で泳げる！　速い！　速いよ！

高速で泳いでいたことですごい水音がなっていたのかもしれない。銀髪ちゃんとメイドさんたちが血相を変えてやってきた。

びっくりした私は服を手に取り逃げだすのだった……。

聖域 ✦ 王女ティレス

なんてこと！　私は歯噛みした。

昨夜のうちは大人しくされていたのだ。それで私は安心してしまっていた。

お兄様と話し合って、妖精様を鳥籠に捕縛した侍女をそのまま妖精様付き侍女とした。専属侍女だ。名はシルエラという。偶然のことであったが、シルエラは中立派の家から行儀見習いとして仕えていたため、妖精様をどこかの派閥に深く関わらせたくない今、ちょうど良かったのだ。

そんな妖精様付き侍女となったシルエラが、朝一番に私のところへ血相を変えて報告に来た。今朝確認すると妖精様がすでに居なかったと。

本日は妖精様をお母様のもとへお連れして、お母様のご病気を治癒できるか診て頂く予定だったのに！

昨晩、妖精様に宛てがった部屋でこの国の現状は説明していた。初めの内は首を傾げておられた妖精様だったが、話の最後には笑顔で納得されたご様子だったのに。にもかかわらず、朝一番から居なくなられてしまうなんて。

私は妖精様の捜索を指示して、お兄様にも状況を説明した。

侍女達の聞き込みにより妖精様はどうやら外に出てしまわれたらしいことが分かった。内門の門番や外回りの衛兵の数名が目撃していたのだ。

しかし雨が降っていたこともあり、目撃証言はそれほど集まらなかった。

方向的に貴族街か庶民街に向かわれたのではないかという話になり、捜索部隊を編成することになった。第2騎士団から可能な限り人数を出して頂き、街へ捜索に向かわせた。

昼を過ぎても妖精様の足取りは全く摑めなかった。多くの騎士を街へ向かわせたことで挙動の怪しい人間を何人か捕縛したという報告も受けたが、今はそのようなこと些末なことだ。

こんなことになるなら昨夜の内にお母様のもとへお連れすれば良かった。王族たるもの後悔するなと散々教育されているが、後悔せざるを得ない。

王都ではここ数年、これほどしっかりとした雨は降っていなかった。そのため不作に繋がっていたが、数年ぶりにまともな雨が降った今日は街の人達が大騒ぎしているらしい。そのような状況でもあり、街で内密に妖精様を捜索するということは、私の予想以上に困難なのかもしれない。

そうこうしていると、なんと城内から妖精様の目撃証言が出てきた。突然床から妖精様が上がってこられたという。

戻って来られたのか！

すぐに騎士を呼び戻し、手すきの侍女と共に城内の捜索を指示して、私も捜しに出る。すぐに居場所を特定できると思っていたが、妖精様はまたもや城内中を飛び回っておられるようだ。それぞれの目撃証言ごとの場所の離れ具合に、どれほど馬鹿げた移動をされているのかと眩暈がする。

ようやく捕捉できたとき、妖精様は浴場で非常に高い水しぶきを上げられながら、あり得ない速度で泳ぎ回っておられた。そんな非常識な光景に私や侍女達は皆呆気に取られ、その隙をつかれて再び妖精様に逃げられてしまうのだった。

なんたること、またもや振り出しに戻ってしまったの!?　んもぉっ！

「お兄ちゃん！　もうイヤ！　もうイヤよ!!」

様子を見にきた兄に私は思わず泣きついた。

「まぁまぁ、落ち着いてティレス。それより風呂が光っているようだけど、これはどうしたことだい？」

「え？」

言われて私は改めて湯船を見る。本当だ、光っている。

「分かりません。この湯船には先程まで妖精様がお入りになっていたのです」

「なるほど、それじゃぁ魔術師団長に調べさせてみようか」

◆

「こ、これは……！」

しばらくして呼び出された魔術師団長は、一目見て驚愕の表情を浮かべた。

「これは驚きましたぞ、この湯には強力な治癒の力が宿っておるようです。この湯はほとんど聖水、最早一種の聖域になっておりますじゃ！」

その言葉に、この場に居た皆が騒然となった。

第2騎士団 ✦ 第2騎士団中隊長

「お疲れのところ呼び出してすまないね」

第2騎士団中隊長を務めている俺は、騎士団長に呼び出された。

俺は騎士の平均よりも少し大柄だが、騎士団長は平均的な体格をしておられる。ただ、髭面の眼光は鋭く、まだ30代前半とはいえ歴戦の猛者という風格を纏われていた。

「いえ、報告が必要なことが多々ありますから」

「大筋では聞いておるよ。大変だったね、帰りに野盗に襲われ帰還したらすぐ捕物騒ぎだ。さらに一夜明けてそのまま雨の中妖精の捜索、なかなかに濃い時間だったね」

俺は前日まで、隣国に赴かれていた第一王女殿下の護衛隊長を務めていた。

本来王族の遠出には精鋭である近衛騎士が付く。ただ、今回は第一王子殿下と王女殿下が同時に別々の隣国を訪れることになった。

第一王子殿下の道程には、あまり整備もされていない高い山がそびえ危険な魔物も多い。そしてそこを抜けても南側諸国は文化的にあまり友好的とは言えない国々だ。

それに対して王女殿下の道程にはそれほど危険はなく、行先も友好国であった。よって、近衛騎士は第一王子殿下に随行し、王女殿下の護衛には我々第2騎士団から選出されることになった。

しかし安全かと思われたその帰路で、異常に強い野盗に襲われたのだ。

「で、これがその野盗共の剣かね」

「そうです。やけに業物で気になり持ち帰りました。服装や防具は野盗らしく粗い装備でしたが、武器だけはこのとおりです」

「確かに、この剣は野盗が使うにしては業物だな。食糧難から野盗に堕ちたにしては不自然だ。この剣が人数分あったのだとしたら、それを売れば良かっただろうに」

「それだけではありません。奴ら魔力を纏っていました、素人ではあり得ません」

「報告は受けておるよ。それまで庶民だった者が訓練もなく身体強化して戦える筈がない。何者だと思う？」

「構えや撃ってくる技はバラバラでした、そこからは判断できません。ただ、今の情勢では帝国が関わっているのではと」

　帝国とは東隣のザルディア帝国だ。数年前まで我がファルシアン王国と戦争状態にあった。５年に亘る戦争で両国は疲弊し、現在は休戦状態となっている。終戦はしていないのだ。そのため第二王子殿下が国境警備部隊を率いて目を光らせている。

「確かにな、しかし証拠がない。で、その際に件の妖精に助けられたと」

「はい。かなりの負傷をした者も含め一瞬で全員が治癒され、次いで野盗が纏っていた魔力以上の強化魔術をかけられました」

「ふむ、その強化はまだ効果が続いているのか？」

「いえ、切れています。ただ、あれから他の者も含め体の調子が非常に良いと」

「そうらしいね」

「できるだけ早く王都に戻る必要があったとは言え、王女殿下は遠征に不慣れです。替え馬などありませんのに馬を使い潰す勢いで戻るよう指示されてしまいましたが……、馬は潰れるどころか最後まで普段より調子が良さそうでした」

「なるほどね。西門からも報告が上がっている、妖精から一定範囲内に入った門番たちの古傷が癒えたらしい」

「まさか。我々が西門を通り抜けた際にですか？　あのときは本当に通り抜けただけでしたよ。妖精も馬車上から顔を覗かせてはおりましたが、何かした様子はありませんでした」

「しかし報告が来ている。妖精に近づくだけで古傷すら癒えるのだ。一緒に行動していたお主たちや馬の調子が良くなるのも納得できる」

「はぁ……。確かに王女殿下も並々ならぬ興味を抱かれておりました。しかし今回、真に気にするべきは野盗の方だと思われます」

「そうかもしれないね。今日の街での妖精捜索で、帝国の者と思われる怪しい奴らも捕縛できた。思った以上に入り込まれているのかもしれない」

先の戦いで帝国も疲弊している。我が王国の帝国以外の隣国は西が友好国で、南は高い山に隔たれておりこちらに興味がない様子。そして北は海だ。帝国のみに注意を払っていれば良い状態。

しかし帝国はそうもいかない。我々以外の敵国が反対側にあり、下手にこちらへ攻め込もうものなら背面から襲われることになるため、表立ってこちらに攻めて来ることはないと思われていた。

俺もそう信じていたが、水面下ではこちらに様々な手を打ってきているのかもしれない。我々が気付いていないだけで……。

果樹✦妖精

お風呂からマッパで逃げ出した私は、とりあえず服を着た。

やっばいな、結構怒ってたな……。やっぱ勝手にお湯を張ったのはマズかったかな。これは何かお詫びの品でも用意しとかないと、ペット生活2日目にして捨てられる危機なのでは？

でも心配はない。今の私は、私も皆もＷｉｎ－Ｗｉｎになれる素晴らしい案を思いついている。

私は昨日甘味を味わえなかったことを未だに残念に思ってたんだ。でも私はただ与えられているだけの存在じゃないんだよ。自分で考え行動できるチートな妖精さんだ。自分で味わえる甘味が無いなら作れば良いんだって。

妖精と言えば森、花、そして果物。そう、果物だ！　私も皆も食べられる甘くて美味しい果物を育てよう。私は果樹を育てるのに適していて、それでいてお城の人に迷惑が掛からなそうな場所を探した。

まず、お城裏の庭園はなしだよね。すごく綺麗に植込みが手入れされてるもん。こんな左右対称で幾何学的な配置の庭園に、いきなり無秩序に木を生やしたらさすがに怒られるって。私が庭師ならブチギレ案件だよ。

んで、正面玄関前の広場もなし。石畳だからそもそも木なんて植えられないもんね。

私に与えられている部屋から遠すぎるのも通うのが面倒だ。ある程度近場が良い。コの字型構造のお城は正面玄関が南を向いている。でかい庭園が北側だ。私の部屋はコの字の右手、正面玄関から向かって左手、西側に位置している。

私はお城の西側を中心に、目立たず手入れがされていなそうで、それでいて日当たりが良く石畳になっていない場所を探した。

お城の西側には少し小さめの建物が隣接されていて、渡り廊下で繋がっている。お城本体と同じ様式だし、お城の別棟かな。その向こうには少し間隔を置いて様式の違う建物があるね。その建物の前には広場があって、騎士っぽい人たちがいた。あっちの別様式の建物は騎士舎かもしれないな。

お城に近い別棟は少し特殊な形をしていて、お城から繋がる渡り廊下を横に逸れると奥まったところで行き止まりになっていることに気づいた。ここは特に舗装もされてなくて草がボウボウだ。生え散らかした雑草たちが、ここは庭園みたいに手入れされていないよと教えてくれる。

ふむふむ、多少日当たりが悪いけど、雑草がボウボウになるくらいには植物も育つ良い環境だね。人目にも付き辛いだろうし、木が1本2本生えたところで誰も何も言わないって。それどころか突然木が生えてもここなら誰も気づかないかもね。うんうん、ベストスポットな気がしてきた。

私はさっそく果物の木を植えることにした。

どんなのが良いかなー。甘くて美味しいのは当然として、私サイズでも簡単に食べられて、人間でもそこそこ食べ応えがあるヤツが良いな。なんか良い感じの木育てー！

芽が出てきた、よしよし。

水はあげなくても雨が降っている。後は何が必要かな。

特に思いつかなかったので私は祈りをささげた。おいしくな～れ、おいしくな～れ♪　芽はぐぐと伸びて私の身長を追い越し、人間の腰くらいのサイズまで育つ。

うーん、今すぐ収穫できるワケじゃないか。今日はここまでにしとこっと。どんな実がなるか楽しみだ。

◆

私は部屋に戻って今度は鳥籠の改造を始めることにした。

まず中に吊られている首吊りロープみたいな止まり木を取り外す。んで、昨日この鳥籠で寝ていて着布団が欲しいと思っていたから、鳥籠にもとから敷かれている西洋座布団に合わせた毛布を作った。うんうん、いっきに文化的な生活感が出てきたよ。

最後に、私が寝ているところを外から見られるのも良い気がしなかったんで、鳥籠を暗幕で覆うことにした。小学校の体育館の舞台に付いている舞台幕のような厚めの臙脂色の布を作る。縁には金糸の刺繍をあしらって鳥籠の雰囲気にも合っている。なかなかゴージャスだ。これなら王家のぺットの住処として遜色ない。

それにしても、このモノを作る能力はかなり便利だよね。頭の中で思い浮かべたモノをなんでも作れるし、細かいところまで想像しなくても出来上がってみれば違和感なく補完されている。でも生き物は無理っぽいな。試してないけどなんか作れなそうな気がするよ。

あー、暗くなってきたな。そろそろ寝るか。

私は会心の出来となった鳥籠の中で就寝した。

明日は晴れると良いなぁ。

呪い ⁺⁺ 王女ティレス

「では、お母様にこの湯を使用して頂くと病が癒えますか？」

「可能性は十分ありますじゃ。これほどの治癒の力、期待しない方がおかしいですぞ」

聖域となったという湯船を見つめながら、魔術師団長は恍惚とした表情で答えた。体が震える、お母様が治るかもしれない。

「では、急ぎお母様に湯を使用して頂きましょう。準備を」

あの妖精様に事情を説明してお母様を治癒して頂くより、お母様に聖域となった湯船に浸かって頂く方が話が早い。

妖精様はまたもや行方が分からなくなっていたが、むしろ状況は良くなった、そう思おう。これまで出口の見えない問題ばかりだったのだ。そのような状況が、妖精様が来られただけで全て解決の糸口が見えてきている。これ以上望むなど贅沢と言うもの、多少振り回されたとしても私達は恵まれている。

「しかし、雨が降ったとは言え、水不足の中これほどの湯を張られるとは……、少し困ったね」

兄は複雑な表情をする。ここの湯船は確か貯水槽から引いているのだったか。

近年では水不足のため貯水槽の水はできるだけ農耕に回されていた筈、大浴場はもう2年は使用していない。私は農耕に詳しくないため分からないが、兄の反応を見るに大浴場の湯船1杯分の水が無くなるのは結構な痛手らしい。

しかし、侍女長がそれを否定した。

「いえ、おそらくこのお湯は妖精様が魔術で出されたと思われます。先程確認させましたところ、貯水槽から水は減っていないとのことです」

「なんと、それでは雨なんて降らなくても水不足まで解決できるじゃないか！　まさに妖精様様だね」

兄は一転満面の笑みを浮かべた。それはそうでしょう、あの妖精様1人でこの国に起こっていた問題を何から何まで解決できると言うのだから。

「お母様、ティレスです。隣国エネルギアより戻って参りました」

お母様の部屋に移動した私はノックをして声をかける。すると、お母様の返答はなくお母様付き侍女がドアを開けた。

昨日隣国より戻ってからすぐに大捕物騒ぎが起こり、今日は朝から妖精様大捜索と続いたため、私がお母様のもとを訪ねるのはしばらく振りだ。出発前は春だったが、今はもう初夏である。

◆

「……っ!!」

部屋に入った私はお母様の容態に挨拶もできず息をのむ。これほど病状が進行されていたとは……。お母様の美しかった顔には、今や赤い斑点が所狭しと浮いている。この病状は末期だ、前宰相がお亡くなりになられる数日前、このような病状だったことを記憶している。今はお顔しか見えないが、全身にもあの斑点は浮いていることだろう。

「お母様、お加減はどうでしょう」

「……もう長くないでしょう、最後にあなたを見られて良かったわ」

ああなんてこと、お母様はご自身の死期を悟っておられる。私も兄も、治療に関して隣国から何も成果を持ち帰ることができなかったことは、当然お母様にも報告が行っているのだろう。以前は凛とした雰囲気を常に纏っておられたというのに、今やそのお声は虫が鳴いているようだ。

「こんな時代にしてしまってごめんなさいね……、あなただけでも幸せになって欲しいと思います。

帰ってきたばかりで大変だとは思いますが……、もう一度エネルギアへ、留学という形で国を出なさ……」

「お母様っ!!」

たまらず私はお母様の発言を遮りました。

「もう心配はいらないのです！　全て解決します！　お母様のご病気もきっと治るのですよ!!」

「無理はしなくても良いのですよ。この国はもう……」

「いえ、そうではありません。そうではないのです。とりあえず、まずは湯を使用して頂きます」

「……どういうことです？」

◆

それから侍女たちにお母様を大浴場へ運ばせ、湯船に浸かって頂いた。

「まぁ！　まぁまぁまぁまぁ！　なんてことでしょう!?」

お母様の嬉しそうな大きなお声が廊下まで聞こえてくる。私は涙が出そうになった。先ほどまで虫が鳴くほどのお声しか出せなかったのに、今はこれほど大きなお声を発せられている。きっと病気は治ったのだ！

しばらくして、ホクホク顔のお母様が浴場から自ら歩いて出てきた。入る際にはご自分で移動ができず、侍女たちに抱えられていたというのに。そのお顔や腕には斑点などなく、以前の美しい肌が、いや、以前にも増して非常に瑞々しいお肌となっていた。

「聞きましたよ、この国に妖精様が訪れたと！　私も会ってみたいわ、きっと可愛らしいのでしょう?」

そうだった、お母様は凛とした雰囲気のせいで苛烈に見えるが、大の可愛いもの好きだった。お母様はニコニコ顔で早く紹介してよと急かしてくる。

「母上、まずは快癒、おめでとうございます」

「王妃様、おめでとうございますじゃ」

兄と魔術師団長が快癒を祝う。魔術師団長はお母様の主治医的な立場でもあった。本当に嬉しそうだ。

「あなた達にも迷惑をかけましたね。アーランド、南国への大使お疲れ様でした。婚約破棄の件は残念でしたね……。魔術師団長殿もこれまでの介抱、非常に助かりました」

「もったいなきお言葉、魔術師団長ともありながら全くお力になれませんで……」

「……王太子殿下、少し宜しいでしょうか?」

お母様の湯浴みの介助をしていた侍女の1人が切り出しにくそうに発言の許可を求めてきた。

「どうした?」

「王妃様に湯船に浸かって頂いた際、黒いモヤのようなモノが飛び出して参りました……」

「なんじゃと!?　それは呪いではないか！」

侍女の発言に反応したのは兄ではなく魔術師団長だった。呪い？　お母様の症状はご病気ではなく呪いだった!?

「その黒いモヤはどうなったのじゃ!?」

「西の方角へ飛び去ったように見えました」

「西？　東ではなく？」

「左様、西でございます」

「あの、どういった話なのでしょうか？」

話の内容がよく分からない、私は素直に疑問を口にした。

「呪いが解呪されますと、呪いを掛けた者に効果が返りまする。その侍女が見た『黒いモヤが飛び去った』とは、おそらく呪いが術者のもとへ返ったということなのですじゃ」

「呪いが術者のもとに返るとは？　再利用が可能な術式なのですか？」

「いえ、そうではなく、呪いが解呪されますと、次は術者がそのまま同じ呪いに掛かるのです。今は王妃様を呪った術者に王妃様と同じ症状が出始めていることでしょう」

「この話は廊下でするような話ではない。後程関係者を集め別途協議しよう。ティレスもこの話は他言無用だ。もちろんそこの者達も」

兄が強引に話を打ち切り、私や侍女たちに秘密にしておけと注意した。

呪いの話が出て深刻な状況となったためか、この場はそれで解散となった。お母様は最後まで妖精様に会いたがっていたが、行方が分からないのだからしょうがない。私は念のため、昨夜妖精様が使用された部屋を確認することにした。

鳥籠の中で妖精様が熟睡しておられる。

ぐぬぬ……、散々人を振り回し、どこに行ったか分からないと思わせておいて、元の場所で熟睡されているなんて……。しかも鳥籠には布がかけられ中も改良されているようだ。昼間の必死な捜索の徒労を思うと複雑な気分になる。

いいえ、妖精様は救世主、振り回されているという考えはこちらの勝手な思いなのだ。しかし、いえ……、妖精様は救世主、妖精様は救世主。ふぅ……。よし。

お母様への紹介はまた今度にしよう。私は必死に心を落ち着けながら、その場を後にするのだった。

お茶会 ✧ 妖精

朝起きるとそこは、知らないおば様だった。

綺麗で気品のあるザ・おば様といった感じのドアップ顔が目の前にある。

どうやら寝ている間に鳥籠ごと運ばれたっぽいね。鳥籠に被せた暗幕とドアップおば様の顔の隙間から見える景色で、ここが私が寝ていた部屋じゃないってことがわかった。

ドアップ様はとても機嫌がよろしいらしい。さっきからハイテンションで何やら喜んでいる。

鳥籠の暗幕が開かれた。銀髪ちゃんもいる。暗幕を開いたのは鳥籠メイドさんだった。他にも数名のメイドさんがいて、テーブルにはティーカップとクッキー、これはお茶会というヤツ？

それにしてもみんな機嫌が良さそう。良かった、お風呂の件は許されたんだ。

ドアップ様は銀髪で、銀髪ちゃんとよく似ている。お母さんかな？

銀髪ちゃんが王女なのが当たっていれば、ドアップ様は女王様だ。女王様ともなればきっと肌のお手入れもすごい頑張っているんだろう。肌がツヤツヤだ。金髪兄さんが青年だったから、そここお歳を召していると思うんだけど若々しい。すご。

強いモノや偉いモノには媚を売っておいて損はない。それで私の待遇が上がるならいくらでも売るってもんよ、わんわん。私は満面の笑みをドアップ様に向けた！　ドアップ様は喜んだ！　ふ、チョロいもんよ、ドアップチョロイン女王様だね。

銀髪ちゃんは何やら複雑そうな顔をしている。

ふふふ、嫉妬してるんだね、わかるよ。家で自分に一番懐いていたと思っていたペットが、自分以上にお母さんに甘えていたら複雑な気持ちにもなるよね。でもしょうがない、しょうがないんだよ。今後の私の待遇のためなんだ。

◆

それからはドアップ様を中心に、ここにいるメンバーで話が盛り上がっていた。

ドアップ様はすでに鳥籠から顔を離していてドアップではなくなっていたけれど、1度定着してしまった呼び方ってなかなか変わらないよね。

そのドアップ様はひたすら私になにやら話しかけてるんだけど、名前を呼ばれていること以外は何もわからない。でもまぁ、とりあえず笑っとけば問題ないでしょ。ペットなんてこんなもんよ。どんなリアクションを取っても飼い主は都合よく解釈するもんなんだって。わんわん。

それより私はテーブルのクッキーが気になっている。紅茶はいいや、飲むの大変だし。

私の物欲しそうなアピールが伝わったのか、ドアップ様がクッキーの載ったお皿をこちらへ押し出してくれた。これは食べて良いってことだよね、ひゃっほぅ！　私は鳥籠から出てクッキーに飛びついた。

分厚いな……、すごく分厚い。

人間サイズのクッキーは、私にとっては多段重ねハンバーガー並みの分厚さがあった。ダブルやトリプルを超えてクアドロプルくらいある。まぁでも、大グチ開ければ届かないこともない。私のクチの大きさを見るがいい。私はクッキーにかぶりついた。

ゴリッ
硬った！　これはダメだ、嚙み切れない。仕方なく私はクッキーの端を崩して小さくし、欠片を食べることにした。

うーむ、思ったより甘くない？　あと硬い。この世界の文化レベルだとこんなもんなのか、それともここの王家が健康志向なのか……。

どちらにしても、甘味に飢えていた私はちょっと残念な気持ちになった。これは早く果物を食べられるようにしないと……。

その間もドアップ様は何やら色々言っていて、銀髪ちゃんは口数少なめだった。

◆

しばらくしてお茶会は解散となり、私は元の部屋に戻された。ドアップ様とは別れたけど、銀髪ちゃんは部屋まで付いてきていて、ずっとこっちを見ている。……なんだろ？

ふいに銀髪ちゃんがこっちに手を差し出してきた。お手ですよね、わんわん。

すかさず銀髪ちゃんの指に手を置く。お茶会ではドアップ様に媚びを売り過ぎたからね、ここらで銀髪ちゃんの好感度も稼いでおかないとってもんよ。

だけど銀髪ちゃんは何のリアクションも示さない。鳥籠メイドさんも傍に控えたままだ。銀髪ちゃんのお世話係っぽいメイドさんもノーリアクション……。

気まずくなった私は、今日も観光に出かけることにした。後ろから声がかかった気がしたけど、今戻ったら余計気まずい。

さて、今日はどこに行こうか。まわりを見ると雨は止んでいたけど、地面がべちゃべちゃだ。今日もお城探検をしよう。私は地図を出す。

お城だから必ずあるハズなんだよ。そう、宝物庫が！

思い ⁺ 王女ティレス

昨夜から指示を出していた通り、妖精様付き侍女が鳥籠をサロンに運んできた。

妖精様に会いたがっていたお母様のために、私達は小さなお茶会を開くことにしたのだ。冬からご病気を……、いえ、呪いを受けていたお母様は昨年の社交シーズン以来のお茶会となる。憧れの妖精様に会えるとあって、小さなお茶会とは言え張り切っておられた。

とは言え、行動に予測の付かない妖精様だ。またいつ居なくなられるのか全く分からない。よって、妖精様がまだ寝ておられる内にお茶会の会場としたサロンへ運ばせたのだ。

そのため、お茶会にしては異例の早朝開催となった。

「まぁ！　まぁまぁ！　これが妖精様なのね！」

鳥籠を覗いてお母様が嬉しそうにされる。そのとろけきった表情は、吊り目の厳格そうなお顔で凛とした態度である普段からは想像が付かないほどだ。ギャップが激しい。

「あら！　起きられたわ！　寝ていても起きられても可愛らしいわね！　この布は除けても良いのかしら？」

その発言を受け、私は妖精様付き侍女に目線をやり鳥籠の布を開けるように指示する。

「ふふふ、これで全身がよく見られますね。羽もなんて綺麗なのでしょう。日の光を受けて七色に見えますわ。光の粒子を纏われて非常に美しいですね。絵本の妖精など足元にも及びませんわ」

お母様は本当に元気になられた。呪いが解けただけでなく、以前より明らかに若々しくなられている。肌も艶やかで、子供の様に妖精様を愛でている今ですら妖艶さを醸し出されているほどだ。

「ティレス！　妖精様が笑われましたよ！　なんて可愛らしい」

「お母様、はしたのうございますよ。もう少し落ち着いてください」

「あら、妖精様なのよ？　ティレスは嬉しくないのですか？」

お母様は少し不服そうな顔を私に向けられた。

「それはもちろん嬉しいに決まっています。お母様の呪いが解け、他にも国に起きていた様々な問題が解決できそうなのですから」

「……違いますよ、そういう話ではないのです。妖精様ですよ？　絵本に出てくる可憐な妖精様です。妖精様にお会いできた者などそうそういないでしょう。憧れなどはないのですか？」

「……憧れ？　ですか？」

何を聞かれているのか、いまひとつ分からない。

「はぁ……、私はあなたの育て方を少し間違えてしまったのかもしれませんね。あなた程の歳の女の子と言えば、妖精や精霊、天使や白馬の王子様といったものに憧れたりするものなのですよ」

「そういうものですか。しかし私は戦争や不作で傾いたこの王国を王族の1人として立て直す義務があります。文字の勉強として幼い頃に絵本を読んだ経験はございますが、すでにそのような絵本に現《うつつ》を抜かす年齢でもございません」

「そう……、そうね。あなたには、まだ幼いのに負担をかけてしまっていますね」

お母様は一瞬、少し悲しそうな顔をされた。

「あら？　妖精様はクッキーをご所望のようですね。さぁさぁ、存分に召し上がってくださいな」

そう言ってお母様がクッキー皿を前に押し出すと、すぐさま妖精様がクッキーに飛びついた。

「ふふふ……、妖精様には少し大きすぎたみたいですね」

妖精様はそのまま食べるのを諦められ、クッキーの端をコツコツと叩いて砕かれている。小さくして食べるようだ。

「ところでティレス、もう少し妖精様を敬いなさいな」

お母様が軽い口調で注意される。

「私は……、敬っておりますよ？」

昨日一昨日と散々振り回され、少々うんざりしていた私は、答えるのに少し間を空けてしまった。

「そうですね、まぁ、注意はしましたよ。聞けばあなたも命を救われたのでしょう」

分かっている。妖精様に王国の問題を解決する力があると分かってから、私はどこか妖精様を道具として認識していた。しかしこのような状況だ、利用できるモノは何でも利用すべきだ。つい数日前まで、あのままでは国が無くなってしまうかもしれないという程だったのだ。

いや、だからこそか……。そんな危機的状況を一度に解決してくださるかもしれない妖精様だからこそ、もっと敬えと。確かに私とお母様で、もう二度も救われている。

お茶会の解散後、私は妖精様の部屋まで付いて行った。

鳥籠の中におられる妖精様を見つめる。見れば見る程幻想的だ。私がもう少し年齢が低ければ、もっと無邪気に楽しめたのだろうか。それとも国の状況がもっと良ければ何も考えず可愛いらしい妖精様を愛でるだけで良かったのかもしれない。

私は無意識の内に妖精様へ手を伸ばしていた。それに対して妖精様は一昨日のように私の指に手を乗せられる。この行動は何だろうか。妖精間での人間に対する挨拶なのかもしれない。妖精様に関しては分からないことばかりだ。

しかし、本当に何もかも状況が変わった。このチャンスを逃す訳にはいかない。

そう決意していたというのに、妖精様はまた突然出て行かれた。

「妖精様っ！」

私は茫然とその姿を目で追ったが、あっというまに見えなくなってしまったのだった……。

宝物庫 ✦ 妖精

色々探して私はようやく宝物庫を見つけた。それはお城の地下にあった。お城の地下は何層もあって、宝物庫はその中ほどだ。ちなみに最下層は地下水路に繋がっている。

ひんやりした廊下の先でイカツイ門の前に兵士が２人見張りをしていた。ずっと立ってるのかな、こんなところ誰も来ないだろうに。

私は見つからないように壁抜けで進む。壁抜け状態で廊下の壁の中を進めばさすがに見つからないでしょ。この世界の人間はどうも小さいモノでもすぐに見つけちゃうっぽいからなぁ。薄暗い夜の廊下でも森の木々の中でも、こんなにも小さい私をすぐに見つけてくるんだから。

宝物庫の中に入ると真っ暗だった。ほんのり何かが光ってるっぽいんだけど、視界を確保できるほどには明るくないんだから真っ暗と言っても過言じゃないって。

私は魔法で光の玉を浮かべて辺りを照らす。静かだね。静かすぎて耳鳴りがしてきた。

入り口付近に本がある。これは目録かな？　私はページをめくり中身を確認してみた。なるほどなるほど、全然わからん。

壁際には棚があって、宝石や装飾品がいくつか置かれている。

なんかこう、宝箱が置いてあって開けるとお宝ザックザクというイメージだったんだけど、そんな雰囲気じゃないね。どちらかというと博物館みたいだ。展示されている感じで保管されている。

つまりこの宝物庫は、ただ保管目的でお宝が置かれているのではなくて、外部の人間を招いて楽しませる目的がある？　私は重厚な宝箱も見てみたかったけど、無いならしょうがない。

宝石の置かれている棚を見て回る。さすがお城、でかい宝石だねー。

こういう高級品の展示を見るときってついつい、今服がひっかかったりして棚が倒れたらすごい賠償金で人生詰んじゃうな、とか思ってしまう。気を付けて見てまわろう、壊さないようにしないと。私は念のため、壁抜けモードで宝物庫を見て回った。これなら棚に当たって倒しちゃったりはしない。ふふふ、完璧。

部屋の中央には台座があって王冠が置かれている。王冠て王様がかぶってるんじゃないの？　ここにあって良いのかな。予備？

さすがに一国の宝物庫、お高そうなアイテムがそこそこある。ファンタジーRPGなら全部ゲットして装備できるものは装備、残りは売っぱらってウハウハ状態ってもんよ。

うーん、でもなぁ。部屋はそこそこ広いんだけど、全体的にガランとしていて正直に言えば期待外れだ。

例えばほら、この剣が立てかけられているラックなんて、本来剣が5本収まるスペースがあるのに実際には1本しか剣が収まってない。正直言ってスカスカだ。

その剣をよく確認してみる。柄が長めの両刃の剣で、片手でも両手でも使えるようにしてあるのか、刃はそこまで広くない。金色の鍔には赤い宝石があしらわれていて立派な剣だ。刃は鞘には収まってなくて、鞘は剣の横に並べられている。装飾がすごいから儀礼剣なのかな？

この1本の剣はとても素晴らしいものなのに、それでもまわりの状況が台無しにしている。私は不揃いのモノがあまり好きじゃない。やっぱりバシッと揃ってこそ見栄えがするというものだ。前世の私はコレクターだった？

よし、ここは私が補充しておいてあげよう。

んーと、やっぱお揃い感が出た方が良いよね。形は同じにしつつも、全く同じのを作るのも味気ない。鍔の宝石の色を変えておこう。赤はすでにあるから、青、緑、黄、茶とかどうだろう。

私は魔力をどんどん集めてぐりぐり固めてベースとなる無色透明な宝石を作り出す。そして色を付けるために水属性を付与……、よし、青い宝石ができた。同じように緑、黄、茶の宝石を作った。剣はっと、どうせならファンタジーなのが良いね、ここで鉄製とかじゃもったいない。

……よしっと。

私は作った剣を、元からあった剣の横に並べた。うんうん、やっぱり揃っていてこそ見栄えするよね。でも今度は、元からあった剣と私が追加した剣の魔力的な違いが目立ってアンバランスな感じになってしまった。えーい、元の剣は赤いから火属性だ、付与付与っと……。ふむ、良いね！

他に見るものもないしそろそろ戻ろうか。うーん、まだ午前中だよね……。外はびしょびしょだったけど、街に行ってみるかなー。

破綻の始まり

✧ 帝国元帥

「で？　呪いが解かれたそうではないか」

第二皇子派の大臣に失態を指摘してやったが、まるで意に介さないというようにニヤニヤしたままだった。そのでっぷりとした体格とねっとりとした視線が不快感を誘う。

我がザルディア帝国では現在、帝位継承争いが水面下で起こっている。

順当に行けば我が敬愛する第一皇子殿下が次代の皇帝となられるのだが、それを良く思わない第二皇子派は、隣国ファルシアン王国を落として戦果とし、帝位継承で優位に立とうとしていた。

しかし我々の敵は西隣の王国だけではない。王国との戦を長引かせれば他国に何をされるか分かったものではなかった。よって第二皇子派は王国に様々な工作を行っている最中だ。その一環として王国の前宰相に続き王妃を亡き者にしようと呪いを掛けていたが、それが突然解呪されたという。

「いやはや……、元帥閣下、そちらは第一王女の襲撃に失敗したと聞きましたが？」

ニヤニヤ顔で大臣が矛先を変えてくる。

「王女の襲撃はもともと予定になかった。そちらが急遽襲撃しろと指示してくるから応えてやったというのに何だその言い草は？　そもそもあの森では魔力溜まりから強力な魔物が生まれると言っていたではないか！　その魔物が王女を襲うから放置で良いという方針ではなかったか？」

我は言い返す。野盗とてそれほど簡単に用意できない。わざわざ使い捨てにしても帝国の関与が発覚しないような冒険者を探し出して、最低限の再教育まで施して送り出しているのだ。今回の王女襲撃失敗で最も使いやすい連中を欠いてしまった。

「襲撃に失敗しておいて、まるでこちらが悪いような言い様ですな。しかも失敗した理由が妖精？そんな御伽話を言い訳に出してくるなど閣下もそろそろ引退を考える時期でしょうかな」

「何を言うか！　結界で魔力の流れを変えて雨を止め、集めた魔力で強力な魔物を生み出し王国に解き放ち、不作と魔物災害を一度に起こすと豪語していたのはそちらではないか！　強力な魔物どころか、目ぼしいモノは何も生まれていないのに魔力溜まりは消えてしまった。そもそも何故あの国に雨が降っているのだ？　結界は機能しているのか!?」

「それがですな、調査を行わせようとしましたところ、雨が降り出した翌日には王都に忍ばせていた間諜の大半が捕縛されてしまいましてな」

「後手後手に回っておるではないか。王国にこちらの動きを感付かれたのではないか？」

　こ奴が開戦前に失敗して開戦が延期されるなら問題はない。しかし中途半端に成功・失敗をして万全でないまま開戦してしまい、王国を落とすのに時間を掛けてしまえば、我々が他国の格好の的となってしまう。敵派閥とは言え、大臣には大失敗させるか大成功させるかの選択肢しか、こちらは取れなかった。どちらにしても失脚させる材料は集めておく必要がある。

「まぁまぁ、まだ仕込みは色々と残っております」

　得意気に応えてくる。大臣の応えはいつも答えになっていない。

「まず、いつ開戦しても良いように、あちらのポーション類は他国を複数通して買い占めております。いざ戦となったとき、あちらは満足に回復もできないでしょう」

　身振り手振りが大げさでシャクだが、戦の際に相手が回復できないというのはでかい。いくら倒しても無限に回復などされたら勝てるものも勝てないからだ。

「さらに、すでに王都の地下は掌握済みです。地下水路から直接王城に至るルートも確保しました。地下水路には遅効性の毒も投入済みでして、夏頃には病が流行するでしょう。秋には奴らの体力も残っておりますまい」

「手ぬるいのではないか？　あそこの地下水路は下水道だろう？　なぜ上水道に毒を投入しない？」

「おや、おやおやおや。元帥閣下はご存じありませんか？　あそこの下水道はほぼ全てが繋がっており、そこを突けば王都全体に影響を与えられるのです。対して上水道は、貯水槽や貯水池などに分散された供給となっておりまして、どこか1つを突いても部分的な影響しかでないのですよ。さらには水不足にさせておりますでな、王国の上水道など最早攻撃する必要もありますまい」

「ふん、そうか」

「まだありますぞ、王都近くにスタンピードを起こすのです」

「なんだと……？　それはアレが手に入らず廃案になったのでは？」

スタンピード、魔物の氾濫だ。発生すれば大きな被害は免れない。本来スタンピードは魔力溜まりなどで魔物が増えるなどの原因で起こる自然発生の災害だ。それを人為的に起こすのは簡単ではない。

「ふふふ……、今回の解呪であちらも失敗しましたからな。失敗を突いてやればアレも渡してくるでしょう」

「2つしか残っていないのだろう？　渡してくるか？」

「問題ありませんよ」

「では、予定通り秋のガルム期に開戦を？」

「そうです。万事予定通りですよ。では私はこれにて、これでも忙しい身ですのでな」

くそ、結局開戦は回避できないか。開戦前に大臣を失脚させられる見込みがあれば妨害にまわるのだが、開戦するとなれば協力せざるを得ない。

私はでっぷりと歩いていく大臣の背を見送った。

しかし、第一王女の襲撃失敗原因の報告にあった妖精。なにをバカなと思ったものだが、未だに詳細が分からない。大臣が言っていた間諜の大量捕縛は嘘ではなかった。こちらの派閥の間諜も大量に失っており、今や王都の情報を得るのが難しくなっているのだ。

しかし、王国も疲弊しており、そこに工作を加えるのだ。落とすのに問題が出る筈はない、勝利は約束されている。問題は勝利後、いかに第二皇子派を追い落とすかだ。

第二章

2つの月

観光開始 ✦ 妖精

宝物庫から出た私は貴族街を飛び越えて街に向かった。やっぱりまずは、貴族街より普通の街を見てみたいよね。

空には白虹があって雲はモクモクと縦長だ。雲は凄く低い位置にあるように見える。白虹を見るのはたった2日ぶりなんだけど、なんだか久しぶりに感じるよ。それだけお城に入ってからのあれこれが濃密な時間だったんだねぇ。

2つの月も見える。それぞれ満ち欠けの度合いが違うみたいだ。1つは満月に近い形をしているのに、もう1つは半円だった。惑星に衛星が複数あったら満ち欠けは同じにならないのか、ふーむ。

気候はカラッとしている。これはありがたいね、たぶんすごしやすい気候なんだと思う。あれほど雨が降っていた後で地面はまだべちょべちょなのに湿度が低いなんて、雨が少ない地域なのかもしれないな。

そこそこ暑いけど、今が夏でこれ以上暑くならないのか、今は夏じゃなくて夏はもっと暑くなるのかはまだわからない。雲の形的には夏っぽいんだけど、なにせ異世界だ。雲の形で季節なんて判断できないって。

今の季節がわからないから、太陽の位置を見てもここの緯度はよくわからないな。ってか、そもそも地軸の傾きが地球と同じじゃない可能性の方が高いか。そうなると太陽の位置から緯度の推測なんて無理かもしれない。ま、緯度とかはどうでもいっか。

　上から見るとこの街は本当に大きいね。

　街はお城を中心に南側は西から東へ半円を描いて伸びていて、扇状に展開している。西、南、東にはそれぞれ門があるけど、北側はお城があってその裏側がどうなっているかはここからじゃ見えないけど、確か北側に街っぽいのはなかった。お城の南側に街ができたのは陽当たりの都合かな。北側に街を作ったら日中でもお城が邪魔で日が当たらないもんね。

　遠目に河が見える。河は東門のすぐ外を通っていて、そのため東門は西門とはかなり違った特殊な構造をしてるっぽい。まず河が天然の堀みたいになっていて跳ね橋があるし。門の横には船着き場や船専用の荷下ろし場、船から降ろした荷物を街に入れるための専用門とかが併設されてるみたいだね。

　街に入る前に見たときは普通に見えていたけど、空から見ると河の水位はだいぶ低い。あれだと大きな船は使えないんだろうな。大きめの船は全部停められていて、今動いているのは全部小さな船だ。

　南門はやたら大きい。どうやらこの街の正門は南門のようだ。

　南門から一番大きな道が通っていて、東西の門から2番目に大きな道が延びている。3本の大通りは中央で合流して広場になっていて、そこからお城に向かう道があった。街全体が扇形になっているから、東西の大通りは緩やかなカーブを描いている。

　私は西門からこの街に入った。西門の大通り沿いは3階建ての建物が多かったけど、南門の大通りは4階建てが多く5階建ての建物も少なくない。

大通りの合流地点にある広場は円形で、柱に支えられた廊下のような半円の建物が東西を囲むように立っている。その中央には噴水があった。だけど水は出ていないね。

そして噴水の前には石像だ。噴水を背にして南側に石のおっさんが立っている。

私は高度を落として石像に近づいた。野晒しになっている割にはあんまり浸食されている感じはしないな。やっぱり雨が少ないのか、そうじゃないならこの石像がお城よりは新しいのか。

剣を掲げた立派なおっさんだ。この国の英雄か何かなのかな。なにやら文字が彫られている石碑もあったけど、何が書いてあるのかは当然わからなかった。

でも、わからなくても問題ない。私は歴史的背景や経緯で観光名所を楽しむタイプじゃないからね。見た目や雰囲気で楽しめればそれでオッケーってもんよ。

◆

私は高度を落としたまま、今度は人間目線で街並みを見ていく。

この街に入ったときには人通りなんてほとんどなかったのに、今は結構な人が騒いでいる。やっぱり来たときは夕方だったから人が少なかったのかな。

子ども3人が私に向かって走ってきた。

だけど偉大なる王家のペットとして迎えられた私は、今や隠れる必要などないのだ。堂々と子どももを見やった。

さすが王家のペット様、こんな子どもにも私の名前が通達されているらしい。アシェール、アシェールとうるさい。だけど子どもたちよ、私の名前はアシェールラだよ？　アシェールて愛称？　あだ名なの？　まぁいいけど。

妖精が珍しいんだろうね、子どもたちはひたすら飛び跳ねて喜んでいる。わ、やめろ、棒でつつくな。

ふぅ……、ガキンチョどもめ。私が転生者でよかったね。純粋な妖精なら速攻逃げられてたか、最悪反撃されてたよ。まったくもう。でも私は大人だからね、大人の対応をしてあげようじゃないか。

ガキンチョが私に手を伸ばしてきた。私はギリギリ届かない程度に上空に逃げる。ガキンチョたちはジャンプして捕まえようとしてくるけど、ジャンプするたびに上昇して、着地したら高度を下げてやった。

ほら、頑張れ頑張れ、私はここだよ~。あ、おい、棒はやめろ。

しばらくガキンチョと戯れていたら、親らしい女性が血相を変えて走ってきた。

私の名前が通達されていたってことは、私が王家のペット様であることも知っているんだろう。そりゃ、自分の子供が王家のペット様に向かって手を伸ばしたり、あまつさえ棒を振り回したりしていれば血相も変えるだろうね。一番小さいガキンチョが母親らしき女性に引きずられていって、残り2人のガキンチョもそれに付いて行った。

よしよし、これで観光の続きができるよ。えーと、目ぼしいものはっと……。

お、あれは！　剣と盾の看板！　武器屋か？　武器屋なのか!?　うひょー！　私は喜び勇んで剣盾看板の建物に飛び込んだ。

……あれ？　武器屋じゃないな。カウンターがあって応対員らしいお姉さんがこちらを驚愕の表情で凝視している。反対側には飲食店？　フードコートか？

いや、これはあれだ、冒険者ギルド！　冒険者ギルド来ましたーっ！

冒険者ギルド ✧ 新人受付嬢

ここ冒険者ギルドは、色々な人から依頼を受けて冒険者という荒くれ者さんたちに仕事を斡旋する組織だ。その依頼される仕事内容は多岐にわたってて、魔物の討伐や商隊の護衛みたいな戦闘技術が必要な内容から、近場での薬草採取や冬の雪掻きみたいな雑用までホントに様々。

私がそんな冒険者ギルドの受付嬢に就職して早2年、ホントならもう後輩もできて新人なんて言われないくらいの期間が経ったんだけど、未だに私は新人って言われるんだよね。それもこれも、受付業務が暇すぎて新しく人を雇ってないからだよ。いつまで経っても私に後輩はできなくて、だからいつまで経っても私は一番新人なんだ。

だけど雨が降ったことでいろんなことが動き出している。こんなに忙しいのなんて、たぶん私が入ってから初めてなんじゃないかなぁ。

つい先日まで船が動かせないくらい河の水位が下がっていた。これはいよいよ駄目かもしれないってギルドマスターたちが渋い顔をしてたのを覚えている。そんなギリギリのタイミングでようやく雨が降ってくれて、なんとか小さな船なら動かせる状況になったんだって。

船が動き出したから、船で届いた荷物を次に送る陸路も動き出すらしい。止まっていた物流が一気に動き出すからって、それに合わせて護衛依頼が舞い込んできたんだ。

「はいは～い、ちょっと下がって下さいね～」

依頼ボードに依頼票を貼り付けていく。雨の後にしか採取できない薬草類もあるし、護衛依頼を受けられない低級冒険者向けの依頼も多くあるね。特にポーション類は今不足気味だし、頑張ってもらわないと。

これまで周辺の魔物や野盗の討伐依頼くらいしかまともな依頼が無かったのだけど、そんな依頼ばっかり冒険者がやるものだから、魔物も野盗も王都に近づかなくなったんだ。それは良いことなんだけど、当然依頼は減って取り合いになってた。王都から3日くらい離れたとこなら、野盗も結構出るらしいけどね。

そこに一気に依頼が舞いこんで冒険者が群がってる。ホントてんてこまいだよ。

「ちょっと通りますね～。は～い、通してくださ～い」

依頼票を貼り付け終わったら、急いで受付カウンターに戻る。今も冒険者が列を作っていて、先輩たちが早く戻れと無言のプレッシャーをかけてくるよ、とほほ。

物流が動き出すからって、ギルドマスターは商業ギルドへ話し合いに出ていった。サブマスターも薬師ギルドに行っている。ギルドのカウンター内には今、私たち受付嬢と内勤の男性職員の合わせて数人くらいしかいない状況だったんだ。

そんな状況で私が受付カウンターに着いたとき、突然それはやってきた。

昼前の明るさにも負けない明るさで光ってる羽のある女の子。私は一瞬なにがなんだか分からなかった。目では見えているんだけど、突然御伽話の存在が目の前に出てきたら皆そうなっちゃうって。あれは妖精だ、理解するのにちょっとかかっちゃった。

そんな私に構いもせず、妖精はギルド内をぐるぐる飛び回りだした。光の粒が尾を引いて綺麗。

依頼を受けにいつもより多く集まっていた冒険者たちも目で追っている。

「なんだなんだ?」

「妖精?」

「妖精だっ!」

だんだんと正気を取り戻した冒険者たちが騒ぎ出す。そして予想できたことがすぐに起こっちゃった。

「おいおいおい、アレを捕まえたら大儲けなんじゃねぇか?」

「良いっすねー、兄貴!」

冒険者4人組が妖精を追いかけだした。すると他の冒険者も便乗して、俺も俺もと手を伸ばす。

妖精は冒険者の手を避け網を避け縦横無尽に飛び回った。これはダメだ、何とか止めないと！

そう思って声を張り上げようとしたとき、妖精の急な方向転換に付いていけなかった冒険者が受付カウンターに突っ込んできた！

「うひゃあっ」

私はとっさに後ずさると、一瞬前まで私がいた場所に冒険者が頭突きして、カウンター上の書類が散らばった。

「ああ～っ！」

壁際では依頼ボードに突っ込んだ冒険者がボードを真っ二つに、依頼票が舞う。

「ああ～～っ!!」

私を含めたギルド職員が絶望の叫びをあげた。

「おいっ、なんだぁテメェ！」

「はぁ？　お前がぶつかってきたんだろうが！」

「なんだとぉ？」

あああ……、これはホントにダメだって。収拾が付かない！　冒険者同士のケンカも始まっちゃった！　私はたまらずカウンター裏に屈んで身を隠す。

「おい、誰だオレに網を被せた野郎はっ!?」

「ぎゃははは！　ざまぁねぇな！」

ケンカはどんどん広がりもはや暴動だ！　私にはもう何もできない。縮こまってやり過ごそうとしてたのに、先輩が突然声をかけてきた。

「ちょっと、アナタ！　私はギルマスを呼んで来るわ！　アナタはできるだけ被害を抑えてなさい」

「ええ～、被害を抑えるんですかぁ!?　私がぁ!?」

無理無理、無理だよぉ！

「そうよ、任せたわね！」

そう言って先輩受付嬢はギルドを出て行った。

「ちょ、ちょっと待ってくださいよ先輩～っ！　うひゃぁ!?」

先輩を追いかけようと立ち上がったらイスが飛んできた！　あっぶな！　もうちょっとで当たるとこだったよ!?

見るとすでに大半の冒険者は妖精を追ってなくて、そこかしこでケンカしている。大乱闘だよ！

妖精はどこ??　いない？

あっ。

妖精は、ギルド併設の酒場でお肉を食べてた。

うっそぉ……？

乱闘後 ⁺⁺ 冒険者ギルドマスター

「馬鹿野郎！　なにやってんだテメーらっ！」

ギルドマスターであるこの俺が直々に大事な話をしてたっつーのに、ギルマスしか止められない暴動が起きたって、何してやがんだこいつら、大乱闘じゃねーか。どいつもこいつも馬鹿やりやがって。あーあー、依頼ボードも真っ二つじゃねーか。

一昨日の夜、急にドバーッと雨が降った。このまま雨が降らなきゃそろそろヤベーと思ってたんだ、ありがてぇ。

こりゃぁ船が動くぞと判断して、ギルドで緊急会議をおっぱじめた。今までずーっと物流が止まってたからな。食料やら素材やらも足りねぇが、今は何よりポーションが足らねぇ。今後の対応を話し合った。

んで雨があがった翌日、俺は朝から商業ギルドにポーションの仕入れを確認しに行き、サブマスには薬師ギルドにポーションの在庫状況と今後の生産状況を確認しに行かせた。

ここ数年、不作のせいか野盗が増えて地上の物流はストップ、雨不足で船の物流もストップ。そのくせポーションだけは他国へガンガン流出してやがる。さすがに変だってんで調査もさせたが、買い手は様々な国の色々なヤツらで、買い手同士に繋がりはなかった。誰かが意図的に買い占めてるような動きなんだが、イマイチわからねぇ。

ポーションは冒険者にとって命綱だ。こんなに不足してりゃ、依頼にも影響が出てくる。最悪、死だ。ポーションの備えはあった方がいい。

それに、雨が降ったのは嬉しいことだが、雨が降ったとなりゃ、今年は〝双子〟の影響もでかいだろう。ポーションはあればあるほど良いと思えた。

そんな大事な話をしてたっつーのに、妖精が出て乱闘が起きただとぉ？　なに寝言言ってやがんだ。一喝することでとりあえず乱闘騒ぎは収まったが……、予想以上にひでぇなこりゃ。

「で、妖精が出たって？　その妖精はどこだ？」

俺はカウンターから顔を半分出して様子を窺っていた新人受付嬢に聞いた。

「え、えーとぉ、もう飛んでっちゃいました……。さっきまでお肉食べてたんですけどぉ」

「はぁ？　肉食ってて今はもういないだとぉ？　本当に妖精だったのか？」

「それは間違いない、妖精だったねぇ」

「ザンテン、お前もいたのか」

ややや細身の中ランク冒険者であるザンテンが話に入ってくる。ザンテンは討伐などはあまり得意じゃねぇようだが、調査能力はなかなかのものだ。

「こんだけ荒れてる理由がわからねぇ、どうしてこうなった？」

「いやぁ、急に来た妖精を皆よってたかって捕まえようとしてねぇ」

「こんなに冒険者がいて、こんなに大暴れしといて、誰も捕まえられなかったのか？」

俺が周りを見回すと、どいつもこいつも視線を外しやがる。

「あぁ、そりゃ無理でしょうよ。大騒ぎで気付いてない奴も多そうだけど、あの妖精、モノをすり抜けてましたからねぇ。なまじ避ける動きをするもんだから捕まえられそうな気にさせるけど、ありゃ何やったたって捕まえられないでしょうよ」

「なんだと？　妖精はモノをすり抜けるのか。なんだってそんなのが、いきなりギルドに来たんだ？」

「そりゃぁ分かりませんねぇ、俺も知りたいくらいですよ。依頼出してくれたら調べてみますぜ？」

　ザンテンの調査なら色々と分かるか……。それに危険性も把握しとかなきゃなんねぇしな。絵本には無邪気すぎる妖精が人間の害になるって話もある。せめてどんな能力があるかくらいは把握しときてぇ。俺は依頼を出すことにした。

「よし、ギルドからの指名依頼だ。妖精の出所とか関連情報を可能な限り調べて来い」

「あぁ、分かりましたよ。そいじゃ今から行ってきますかねぇ。依頼手続きは後からでも良いでしょ？　報酬は弾んでくださいよ」

「ああ、頼むぞ」

「はいは〜い」

　どうも言動は軽いが、あれでもいっぱしの調査実績がある。大丈夫だろう。そんなことよりこの荒れたギルドを片付けなきゃいけねぇ。ったく、このクソ忙しいタイミングで面倒なことしてくれたぜ。

「おいお前、とりあえず依頼ボードを修理しとけ。大至急だ」

「えぇ〜、私がですかぁ!?　受付業務はぁ？」

「受付は私達がやりますよ。アナタは早く修理なさい」

「せ、先輩、そんなぁ……」

「俺はもう一度、商業ギルドに行ってくっからな。後のことは頼むぞ」

はぁ、なんだってこう次から次へと……。俺は足早に商業ギルドに戻ることにした。

お肉 ✧ 妖精

私が冒険者ギルドで一通り何があるのか見て回っていると、依頼票と思しき紙が貼られた掲示板みたいなものの前に集まっていた冒険者、列に並んでいた冒険者、応対していた受付の人、横の酒場みたいな飲食コーナーで食事中の冒険者、みんながみんなこちらを向いていた。

そして次の瞬間、突然4人組が襲ってきた、うわー。

まぁでも、あんまり危機感ないよね。だっていざとなったらすり抜けできるわけだし。思わず避けてしまったけど。

4人が追いかけだしたことを皮切りに、ギルド内のほとんどの冒険者が私を捕まえようとしてくる。なんだなんだ、王家からお触れとか来てないの？　でも私の名前叫んでるよね、愛称だけど。王家のペットに手を出すなんて言語道断だよ？　控えおろう！

どうせすり抜けられるからって余裕をかましていたけど、この人数に鬼気迫る勢いで追いかけられたら、さすがに怖い。うわー、腰きいてるねー！　届かないと思った距離から拳2個分くらいは腕が伸びてくるよ。さすが冒険者、身体能力がヤバい。すご。

だけどこれはどうかな？　右に行くと見せかけて〜、左っ！

なに、私のフェイントに付いて来るだと？　ホーミングミサイルかな。でも私知ってるよ、ホーミングミサイルの対処法。障害物に引き付けてギリギリで避けるんだよね？

受付カウンターのギリギリ手前まで直進して〜、くお〜!!　ぶつかる〜!!　ここで急ターン、受付カウンターを右に！　冒険者はカウンターに突っ込んだ！　エフェクトのように書類が舞う！受付の人が絶望の表情だ、ごめ〜んね。

そうこうして逃げ回っていると、なにやら冒険者同士で勝手にケンカを始めた。

あれ？　私を追いかけてたんじゃないの？　おーい、ここだよー、妖精さんだよー？

ま、いっか。追いかけられないのならその方が良い。

私は飲食コーナーのテーブルを見た。テーブルに置かれた料理もしっちゃかめっちゃかだけど、奥の方に無事な料理が置かれている。それを食べている冒険者はいない。たぶんケンカ中なんだろうね。今は無事とは言え、この大乱闘。そのまま置いておいたら、そのうち無事な料理もダメになっちゃうね。

はぁ、しょうがない。しょうがないよね。このまま置いておいたらダメになるんだから、私が食べといてあげようじゃないか。優しいね、エコだね。いただきます。

うんうん、さすが冒険者。肉だ、でかい肉。脂身は少ない。ステーキと言うよりは塊肉をとりあえず焼きました的なワイルド料理だ。白っぽい粒がちょっとだけかかってるね。たぶん塩かな。食器類も一緒に放置されてるけど、このでかいナイフとフォークを使うのはしんどい。私は自分サイズのナイフとフォークを作った。でもどうやって食べよう。

肉は私の身長の半分くらいの厚みがある。これを切るのはちょっとキツイ。試しにフォークを突き刺してみた。お？

これは……。私はフォークをぐりぐりする。すると肉がほぐれて自分の小指ほどの太さの筋が1本分離してきた。それを引っ張って端からかじる。うん、薄味だけどなかなか美味しい。牛肉っぽいかな。見た目的に滑稽な食べ方になってしまってるけど、この大乱闘の中誰も気にすまい。うまうま。

と思ったら受付の人がこっちを見ていた。なんか変な顔をしている。ファンシーな幻想を抱いていた妖精さんが大口開けて肉に噛り付いていたから、理想と現実のギャップに悶えているのかも。それは悪いことをしたね。

しかしでかい、全部は食べきれないよ。まだまだ街も見てまわりたいし、とりあえずごちそうさましとくか。

冒険者ギルドもまだよく見てないから、もうちょっとちゃんと見たいんだけど、この騒ぎだ。また今度にして今日は他回ろうかな。なんかケンカで怪我人出てるけど、ちょっと私のせいでもあるし治しとくか、ほいっとなっと。

よーし、待っててね街、今私が行くよ！

私は冒険者ギルドを飛び出した。

妖精調査 ⁘ 冒険者ザンテン

「それじゃ、いっちょ追いかけてみますかぁ」

妖精の調査依頼を受けた俺は、とりあえず妖精の足取りを追ってみることにした。

妖精が出て行った方向で聞き込みでもしようかと思っていたが、聞き込みなんていらなそうだねぇ。街の人らがてんやわんや騒いでる。そっちで間違いないでしょ。これで違ってたらお笑いだけどねぇ。

「は～い、ちょっとごめんよ。ちょっと通してね～」

人垣をかきわけて騒ぎの中心を見ると、あの妖精が複数の屋台を飛び回っていた。お～、やりたい放題だね。いっそ清々しいよ。

ようやく追いついたと思ったんだけど、また飛んでいっちゃったかぁ。こりゃぁ、後を付けるだけで相当しんどいでしょ。ちょっと安請け合いしちゃったかなぁ。

ふむ、やっぱり壁をすり抜けてるね。飛ぶ速さは馬より速いか？　虫みたいな羽だけど飛び方は鳥に近いかな。今はあっちに行ったりそっちに行ったりしてるから追いつけるけど、あれじゃぁ、追いかけっこになったらまともに追いつけないなぁ。

他の能力も知りたいね、ギルドだとさりげなく冒険者の治癒もしてたけど、戦闘とかはどうなんだい？

そういや、ギルドで肉を食べてたとき、それまで絶対に所持していなかったナイフとフォークを出してたねぇ。放置されてたからとりあえず回収しておいたけど、これはどういう手品だったのかな……？

おやおや、今度はカフェかい？　食い意地張ってんねぇ。まるで王都に初めて来た観光客じゃないか。おうおう、そりゃ危ないよ。店員さんがキミにびっくりして転びかけてるじゃないか。仕方ないなぁ。

「っと、大丈夫でした？」

「あ、ありがとうございます……」

「いえいえ、それじゃぁ俺はこれで」

ちょっと目を離すともういなくなってる、速いねぇ。でも見失う心配はないと、光が尾を引いてるよ。

次は土産物屋かい？　ホントに観光客だねぇ。

え？　ホントに観光しに来てるの？　妖精が？

中央広場の冒険者ギルドから、行く先々で散々騒ぎを起こしながら南通りを南下してきたけど、ようやく方向を変えたみたいだね。

あーっと、ちょっと高くない？　これは付いて行けないなぁ。でも行けるところまで行くしかないよねぇ。

◆

はぁはぁ、ふぅ……。こんなオッサンに人通りの多い上り坂を全力ダッシュさせないでよまったく。

で、なるほど、貴族街の向こうね……。貴族街かお城、もしくはお城周辺の森から来たってことかな？　そういや、あれほど街で騒いでた割には、衛兵は静かなもんだったね。これは上位貴族か王家絡みかなぁ、やだなぁ。

ま、それでも調べなきゃね。ギルドの依頼っていうよりは、この前お仲間の間諜がほとんど捕まっちゃったし、母国のためにもうちょっと頑張ってみますか。

スタンピードの準備もあるんだけどねぇ……。

入浴 ✦ 王女ティレス

「補佐にはこちらのアウラを。問題ありませんね？」

「ありがとうございます。ええ、問題ございません」

「よろしくお願いします！」

共に侍女として働いていた者同士知った仲なのだろう。シルエラとアウラは特に自己紹介をし合うこともなく、さっそく仕事に取り掛かるようだ。

昨日の内にシルエラから侍女長を通して妖精様付きの補佐人員を要求されていた。今は人手不足のため、王族ですら専属は1人につき1人しか付いていない。例外は父である国王陛下と、つい先日まで呪いで臥せっていたお母様のみだ。

しかし、自由に飛び回り何処に行かれるか予測のつかない妖精様に付くには、1人では厳しいだろうと私も思う。中には妖精様の小ささから世話など楽だろうという意見もあったが、昨日一昨日の大騒動を知らないのだろうか。とは言うものの、大多数は妖精様の神出鬼没ぶりを把握しているため、2人目の専属を付けるという要望は問題なく通った。

ただ、だからと言って人員不足の中で適材がすぐに出てくる訳ではない。すぐに受け持ちを変更できて、かつ中立派である家の出である人員はアウラ1人しか居なかった。アウラは侍女としては幼いと問題視されたが、私と同じ10歳だ。私としては十分な年齢だと思う。それに、ここに奉公に来てもう1年だという。問題ないだろう。

問題と言えばむしろ妖精様の方だ。お母様とのお茶会の後、妖精様は今日も何処かへ飛び立たれてしまった。昨日は自発的に王城へお戻りになられたが、今日も帰ってこられるという保証は全くなく心配でならない。

このままもう王城には姿を現されない可能性の方が高いのではないかと思ってしまうのだが、シルエラは妖精様が帰ってこられるという確信があるようだった。

幸い、本日は今のところ妖精様の居場所を特定できている。報告によると妖精様は王都の中央広場から南大通りを南下しつつ、街に大騒動を巻き起こされているらしい。本当に自由なお方だ。

◆

「ではアウラ、宜しくお願いしますよ」

「はい！　お任せください！」

シルエラの声掛けにアウラが元気に応える。

夕刻、妖精様がお戻りになられたという報告を受けて様子を見にくると、新たに専属となったアウラが妖精様を大浴場にお連れするところだった。

妖精様がお戻りになられたことにひとまず安心する。2日続けてお戻りになられたことで、今後妖精様が何処かへ行かれても戻ってこられるだろうという安心感ができたのだ。

それは良い。妖精様を大浴場にお連れするのも問題ない。

「お母様、どちらへ？」

「あら、妖精様とご一緒しようかと思いましてね」

「……入浴をですか？」

「そうですよ。あなたも一緒に入りますか？」

「え……」

お母様はこんな人だっただろうか？

冬の初めに呪いで臥せられてから半年と少し、もっと淡々とした方だったように思う。確かに以前から可愛いモノ好きではあったが……。

気付けば私は、お母様と妖精様とで入浴することになっていた。

妖精様はどのように入浴されるのだろうかと思っていたが、妖精様は広い湯船を泳ぎ回られ始めた。それをお母様がニコニコして見ている。

私は妖精様がたてる激しい湯のしぶきでずぶ濡れになった。

むぅ……。

鍊金術師 ✧ 妖精

昨日、冒険者ギルドに行ったあと、中央広場から南門まで観光してからお城に帰った。

その翌日、私はまた街に観光に来ている。

お城から街に向かうと河がよく見える。係留されていた船の大きさに対して河の水位は明らかに低い。あの大きさの船があるんだから、今の水位が普通ってことはないでしょ。

昨日お城に帰ってから夜の間にまた雨が降っていた。ちょっと前まで乾期で、今は雨期に入ったんだと思う。河の水は昨日より明らかに増えているんだけど、それでもまだまだ少ないね。あの大きな船が動かせるくらいまでには、この雨期で回復するのかな。

気候が1年周期で安定しているんだったら、来年も同じ時期に乾期になるんだろう。そうすると大きな船は雨期後の一定期間しか運用できないことになる。その間のためだけにあの大きさの船を用意してるなんて、なんか意味があるのかなぁ。

昨日行った南側はやっぱり西側より栄えているみたいで、お土産物屋とかカフェとか色々あった。西はたぶん住宅街で南は繁華街なのかな？

でも、お土産物屋はちょっと期待してたのとは違ったんだよね。全体的に空き棚が多かった。私は商品棚とかに空きスペースがあると、なんだか萎えてしまうんだ。旅行者がしばらく来なくなって廃れちゃった観光地の雰囲気が漂っていたよ。

旅行者、少ないのかなぁ。この世界の文明レベルが低いって理由で旅行者が少ないってことはないと思う。もしそうなら、初めからお土産物屋の商品棚を小さくしておけば良いんだ。商品棚が広かったってことは、旅行者が多く来ていた時期もあったんだと思う。それが季節的な問題なのか、すでに廃れた後なのかはわからないけど。

ご当地グッズみたいなのがあるかなと思ってたんだけど、あんまり目ぼしいものはなかったんだよね。壺とかお皿とかもあったけど、前世の食器を知ってしまっているとどうしても見劣りする。たぶん広場から南は庶民向けのお店なんだ。貴族向けの食器がめちゃくちゃ豪華なことを私はお城で知ってるし。しかも食べ物のお土産はほとんどなくて、保存食みたいなのばっかだった。

んで、今日はどこに行くかというと、昨日めぼしはつけてたんだ。どうも主要な建物は中央広場をぐるっと囲むように集まってるっぽい。その中の1つ、まずはあのフラスコのレリーフの看板に行ってみようと思う。予想だと錬金術関連だと思うんだよね！

中に入るとカウンターがあって、待合室みたいな感じだ。等間隔に長椅子が置いてあって、なんか病院のロビーみたい。病院と言っても、この世界は照明がそこまで発達していないから結構薄暗い。ツンとした薬品の臭いがする。錬金術か、そうじゃなかったら薬品関連の建物なのかもしれないな。

でも人はいなくて閑散としている。カウンターに1人いるくらいだ。あ、カウンターの人が奥にひっこんだ。無人にしてて大丈夫なのかなー、不用心だね。

とりあえず地図を出してこの建物の構造を確認する。上4階に地下も2階まであるね。となったら行くのは地下でしょ。あやしい実験とかしてるなら地下って相場が決まってるもんよ。私は床をすり抜けて地下に向かった。

あれー、あやしい実験場はどこ？

木組みの棚がいっぱい置かれていてまるっきり倉庫じゃん。でっかい壺に色んな薬品を混ぜて煮て、ねればねるほど色が変わって……、ってなことを想像してたんだけどな。

棚は部屋いっぱいに置かれているけどほとんど空だった。はしっこの棚に少しだけ薬品瓶が置かれている。これは回復薬か。なぜかわからないけど、それが回復薬だということだけは感覚的にわかった。

こんなに広い部屋にこれっぽっちしか無いなんて、場所的にもったいないなー。昨日のお土産屋でも感じたけど、棚とかのスペースに対してモノが圧倒的に少ない。そう言えばお城の宝物庫もモノが少なかった。

回復薬なんてあればあるほど良いでしょ。よし、それなら補充しておいてあげようかな。私は回復薬を作っては棚に置いていく。見た目的に高級品になるように、ビンには妖精の羽模様を金縁で入れておく。それを量産してどんどん棚を埋めていった。

よしよし、やっぱ棚いっぱいに揃ってた方が見栄えするよね。

その後地下２階に行ってみたら、同じようにガランとした棚が置かれていた。しょうがないなぁ。今度は魔力回復薬を作って棚を埋めていく。

◆

よし、今度は上に行ってみよう。天井を抜け、1階を通り越し2階に入った。

お、なんか男の人が数人いる。びっくりしてこっちを見てるね。デスクが10個ほど置いてあって、それぞれのデスクに書類が溢れかえっている。2階は事務スペースなのかな。

え？　なんだなんだ？　よくわからないけど2階にいた男の人たちが小ビンを持って私に迫ってくる。黒いコートでベルトにはじゃらじゃらと何やら器具らしきものを付けていて、あれが錬金術師ですと言われれば、なるほどこれが錬金術師かと納得してしまえる服装をしていた。そんな黒コートさんたちが小ビンを手に迫ってきている。もしかして小ビンに私を閉じ込めるつもり？　ちょっと距離を取って様子を見よう。

すると黒コートさんたちは、さっきまで私がいたあたりで小ビンをブンブン振り回している。何してんの？　めちゃくちゃあやしいって。

あらかた小ビンを振り回して満足したのか、また私に目を向けてくる。こっちに来た……。捕まえに来たのかと思ったけど、黒コートたちは私の真下あたりに小ビンを掲げて喜んでいた。なんだ、変態か？　変態黒コート集団だ。

私はドン引きして少し離れる。変態黒コートたちも小ビンを私の下に移動させる。私が移動、小ビンも移動。なんだこれ、こわっ。

私は怖くなってその場を離れた。

薬師ギルド ✧ 薬師の少年

「だから、ポーションの在庫はないと言ったではないか」

地下から師匠の大声が聞こえる。

何事かと地下倉庫に確認に行くと、薬師ギルドマスターであるボクの師匠と冒険者ギルドのサブマスターが話し合っていた。

「そのようですね。素材もないから生産もできないと？」

薬師ギルドの建物は4階建てになっていて地下は倉庫だ。1階の表はロビーや受付、奥側に商談スペースなどがあり、2階が事務所、3階と4階が調合部屋や仮眠室になっている。

この国は今ポーションが不足していて、王都の薬師ギルドの地下倉庫もすっからかんの状態だった。

「そう言っておるではないか。素材集めは冒険者の仕事だと思っていたがね」

「ははは、薬師ギルドのマスター様は手厳しいですね。こちらも採取依頼は出していましたが、雨不足で薬草も枯れてしまっていたのですよ」

それも何度も聞いている話だった。ここ数年は薬師ギルドの裏手の薬草園もシナシナだ。

「でも昨日は雨が降りました。薬草も少しは採れるでしょう。調合の準備をしておいてほしいのですよ。それに物流も動き出します。そちらでも可能な限りポーションや素材を確保しておいてください」

「あー、わかったわかった」

冒険者ギルドのサブマスの言うとおり物流が動くのなら、ようやくまともな仕事ができるようになるのかな。でも師匠の気のない返事を聞いてると、まだまだ状況は思わしくないのかもしれないけれど。

◆

その後、その日は特に変わったこともなく終わった。だけど、変わったことがなかったのはボクの周りだけで、街には妖精が出て大騒ぎだったらしい。それをボクたちは翌日知ったんだ。

「あのサブマスめ！　冒険者ギルドにも現れていたというではないか、そんなこと一言も言ってをらんかったぞ！」

師匠はよっぽど妖精が見たかったらしい。街のウワサを聞きつけてからというもの、ずーっと愚痴をボクや周りのギルド員に垂れ流している……。

「妖精を探そう。妖精なんぞこの機会を逃せば二度と接触できんぞ。捕えられれば薬師ギルド始まって以来の革命だ」

「師匠、それはダメですよ～。城からお触れです。妖精には手を出すなって」

ボクはついさっき届いたお触れを師匠に渡す。

「んん、なんだねこのペラ紙……。妖精は第一王女殿下の客人だから丁重に扱えぇ？　はぁん？」

師匠の顔が乾燥させた薬草みたいな渋面になった。

「捕まえんかったら良いのだろう？　聞けばその妖精、光の粒子をバラ撒いておるとか。その粒子だけでも集めて研究すればワシの時代が始まるやもしれん」

「本気ですか？　師匠が欲望丸出しのときって、だいたい悪いことになるんですよね……」

「ではお前はいらんのかね？　妖精の鱗粉と言えば様々な書物に伝説的な素材として出てくるほどだぞ。今までは眉唾ものと思っておったが、妖精が実在するとなると話は変わってくる。あれら架空の薬品が実現できるやもしれんのだ」

「そりゃボクだって見たいですよ。でも王女様の客人に手を出したらマズいんじゃないですか？」

「何を言うておる。舞い散る鱗粉をそっと採取するだけだ、本体に手など出さんわい」

何も問題ないだろうと師匠がふんぞり返る。

でも、まあそうか。舞ってる粉を採取するだけなら文句も言われないのかな。

「でも何処にいるかわからないんでしょ？　ボクは受付にいますから、見つけたらボクも呼んでくださいね」

まさか妖精なんて本当に見られるとは思っていなかったボクは、いつもどおり業務を開始した。

するとそこに妖精が出たんだ。

うわ、本当に妖精だ！　すごい、薬師からしたら妖精なんてもはや伝説だ。おっと、早く師匠を呼んでこないと、これで師匠が見られなかったら愚痴じゃすまされないよ！

ボクは急いで2階に駆け上がった。

「し、師匠っ！　妖精！　妖精が出ました!!」

「な、なにぃ～っ!?　どこだね、ワシの素材はっ!?」

「ほ、本当なのかいっ？」

「私も見たいですっ」

ボクが師匠を呼ぶと、その場にいた全員が反応した。

「よし、行くぞっ」

「い、1階に、妖精がでました」

でも、ぞろぞろと皆で1階に戻ったときには妖精は居なかったんだ。

「おらんではないか！　どこだ、どこに行った？」

師匠に胸倉をつかまれた。

「し、師匠、落ち着いてくださ……。ぐ、苦しい……」

「マスター、落ち着いてください。とりあえずまだ街にいるということは分かりました」

「そうです、冷静に情報収集すべきです」

「う、うむ。そうだな。それに、まずは戻って準備をせねば」

師匠はボクを解放して2階へ上がっていく。皆もそれに続いた。

それからボクらは、妖精の鱗粉を採取する器具の準備や、捜索範囲の担当決め、その間の業務交替シフトなどを話し合った。そうして、よし動くぞってときに妖精が床から現れたんだ！

「あっ！」

「妖精！」

「おおっ、あれが！」

「ワシの素材！」

「皆さん、落ち着きましょう。ゆっくり、ゆっくり近づくんです」

ボクの声に皆うなずいてくれた。よーし、ゆっくり……、ゆっくり……、あっ。

ボクたちが近づいたことで妖精が飛びすさった。鱗粉が舞ってる！

「おおおおお、逃すな、1粒たりともっ」

「うひょひょひょ！」

舞ってる鱗粉を慎重に採取瓶で確保していく。

ああ、瓶を近づけるとその影響で鱗粉が追いやられるから……、なかなか難しいなっ。よし、採れた。まだある、よーし……。

そうして舞っていた妖精の鱗粉を採取できた後、まだ妖精が飛んでいることに気付く。

「おい……、まだいるぞ」

まだいける。舞っている鱗粉はしばらくすると自然に下に落ちてくるようだ。ボクたちは採集瓶を妖精の下で構えた。あ、動くなって。

「あーっ！　ワシの素材がっ！」

そこそこ採集できたとき、妖精は外に飛び出して行ってしまった。

「くっ、まぁ良いだろう。だいぶ集まったからね」

「そうです、これだけあれば様々な研究ができますよ！」

「俺、妖精の鱗粉の記載がある文献を洗い出してきますね！」

皆興奮状態だ。妖精の素材で調合できるんだ、ボクだって興奮していた。

そして皆忘れていた。冒険者ギルドのサブマスターからの頼み事を……。

秘密基地 ✦ 妖精

お、あれは前に私に棒を振り回したガキンチョ！

変態黒コートから逃げてフラスコ看板の建物から出てきた私は、昨日も広場で会った子ども3人組を見つけた。3人の子どもは年齢が違うっぽい。雰囲気はそれほど似ている気はしないけど、兄弟だと思う。兄は若干勝気な性格に見えるけど、2番目は普通な感じ。一番下はちょっとオドオドしているかもしれない。上の兄くんでも、たぶん銀髪ちゃんより歳下だ。

その兄弟が何かを訴えている？　手招き？　子ども特有の全身をつかったジェスチャーで、おそらくこっちに来いって言っている。

ふむ、観光と言えば、現地人に穴場を案内してもらうのも乙なモノかもしれないね。私は3人の子どもたちに付いて行くことにした。

移動は全力ダッシュだ。さすが子ども、見失わないように注視しておかなきゃいけない。ちょっとちょっと、観光どころじゃないじゃん……。

年齢が上の2人は、その小さな体のどこにそんなスタミナを備えているのかと言うほど爆速でかけていく。おいおい、下の弟くんが遅れてってるよ、もう。弟くん涙目じゃん。兄よ、もうちょっとちゃんと見てあげて。

もう、仕方ないなー。

私は弟くんを浮かせて飛ばし、兄くんたちを追いかけた。最初びっくりしていた弟くんは次第に笑顔になる。そうか、楽しいんだね。喜んでくれて嬉しいよ。ちょっとサービスしてあげよう。

人通りが少ないタイミングで弟くんをカーブさせたり、ちょっと回したりして楽しませた。さながらジェットコースターだ。ほーら、高い高ーい！

気づけば兄くん2人が立ち止まってこちらを凝視していた。

私がそっちを見たことで、自分を指さして何か言っている。ふむ、キミたちもやりたいか、ジェットコースター。ただ3人同時はどうかなー、いけるかなー？

3人同時に浮かせることはできそうな気もするけど、3人同時に安全管理ができるかはわからない。私は弟くんを下ろして、まずは大きい方の兄くんを浮かせた。ほーら、1回転だぞー。

その後、2番目くんも浮かせて満足させた後、また移動が開始される。これは東に向かっているのか。最初は見失わないようにしてたから気づかなかったけど、もう東門付近まで来ていた。

東門まで来た後、城壁沿いに大通りから逸れてしばらく進むと何やら下に向かう階段があった。人間の成人男性の半分くらいの高さを下ると、城壁を抜ける門がある。東西や南にある立派な門じゃなくて、通用門みたいな、ただ扉があるだけといった感じの門で、扉は開けっ放し。

一応兵士が1人立っているんだけど、子どもたちが通っても何も言わなかった。兵士さんは私を凝視している。やっぱり妖精は珍しいんだなぁ。

子どもたちに付いて門を抜けると、そこは船着き場だった。

私たちが通ってきた門は船員用の門だと思う。通ってきた門とは別にスロープの先に大きな門があるから、きっとあっちが荷物搬入用の門なんだろう。んで、城壁沿いにそのまま東門外側へ行けるようになっていて、船客は船を降りたら東門から街に入るんだと思う。

つまりさっき通ってきた地味な扉は、おそらく従業員以外お断りってヤツだ。

何故子どもが通っても大丈夫なのかはわからないけど、兵士は何も言わなかったし子どもたちも平然と通っていた。いつものことなんだろうね。

子どもたちは船には目もくれず、船着き場の端まで走っていく。船着き場の段差の下は、本来なら河の水があるんだろうけど、今は水位が低くて水が来ていなかった。段差の中ほどのところまで変色しているから、たぶんここまで水が来るハズだよね。

子どもたちは船着き場を飛び降り、水が無くなった河底に下り立った。おいおい、大丈夫なのそれ、突然水が来ておぼれたりしない？

河底に下りたことで初めて、城壁にアーチ状の窪みがあることがわかった。そこに10メートル四方くらいのスペースがある。そしてその奥から溝が続いていて水が流れてきている。なるほど、河への排水溝なのか。このスペースはメンテ用かな？

そんなスペースに、私を案内した3人以外の子どもたちが6人いた。オモチャのようなモノも散乱している。

おー、ここはアレだ！　秘密基地だ！　この街の子どもグループの秘密基地に招待されました！

これは穴場スポットだねー。

私と来た3人と、元からいた6人が何やら会話している。上の兄くんが満面の笑みで得意気だ。そしてなにやら身振り手振りで、手を上げたり回ったり飛んだりしている。

ああ、なるほど。さっき私がやってあげたジェットコースターを自慢してるんだな。微笑ましいね。

その後、他の子どもたちからもやっぱりせがまれたので、1人ずつ順番にジェットコースターをやってあげた。秘密基地内にあったよくわからないものを指さして説明もされた。子どもたちはハイテンションだ。色々遊んで付き合ってたら、気付けば夕暮れだった。

1人の子どもが焦った様子で帰る素振りを見せたことで、その場は解散となった。

私もお城に帰ろう。排水溝で遊んでいたからお風呂に入りたい。昨日は帰った後お風呂に入れてくれたけど、今日もお風呂準備されてると良いなー。

夕暮れの中、私はお城に向かって飛ぶ。月が2つとも出ていて綺麗だ。時間帯によって1つしか見えなかったり2つ見えたり、どっちも見えなかったりするんだよね。

片方の月は違和感ないんだけど、もう片方が異様に速く動いている。公転がめっちゃ速い。その分満ち欠けも速いのかもしれない。昨日は半円に見えたその月は、今はちょっと膨らんで見えた。

明日はどうしようかなー。

子どもたち ✦ 3兄弟の長男

「妖精なんて、うっそだー！」

オレたち3兄弟は昨日、妖精に会った。それを秘密基地で友達グループに話したら、みんなしてウソだウソだと言ってくる……。

弟たちも見た筈なのに、年齢が上のヤツらに否定されてからは反論していない。3人一緒に見たと言ってるのにオレだけが必死で反論しているからか、余計ウソ臭さが出ていた。

「本当だって、カインもセントも見ただろ？」

「まぁね」

「うん……」

カインは実の弟だけど、一番下のセントはオレたち家族と血が繋がっていない。冒険者の両親が帰ってこなくて、親同士が親しかったウチが引き取ったんだ。そのせいか、セントはかなり引っ込み思案でいつもオドオドしていた。特に今は周りのヤツらがウソだウソだと責め立ててくるから余計にだ。

「3人で話合わせてんだろー？　妖精なんて絵本の話じゃん」

「そうだぞ！　そんなに言うなら連れて来てみろよ！」

「わかった、連れてきてやるよ！」

悔しかったオレは、弟たちを連れて妖精を捜すことにした。弟たちは嫌々付いてきていた。昨日妖精を見た噴水まわりから捜し始め、街の人に色々聞いてまわっているとすぐに、あの後妖精は南へ向かったらしいことが分かった。

でも、妖精の足取りを追って南門まで行ったけど、そこからは何も分かんなかった。街の外に出たのかと思って門番に訊こうとしたけど、鬱陶しそうに追い返されてしまう。どうしようもなくなって、オレたちは噴水に戻ってきたんだ。そしたら……。

いた！

それまでうんざりした顔で付いて来ていた弟2人も、とたんに嬉しそうな顔をする。

「うわぁ、すごい。やっぱり妖精だ」

「光っててキレイ……」

オレは必死で妖精に話しかけ、秘密基地まで付いて来てくれるように頼んだ。

「なぁ！　頼むよ、ちょっとオレたちに付いて来てくれよ」

「……？」

話せど話せど妖精からの答えはない。ずっとキョトンとしてる。もしかしてコイツ、喋れないのか？　オレは身振り手振りで行先を指し示し、付いて来てくれるように自分たちを指さした。弟たちも加わり、そうして何度目かのジェスチャーで妖精がオレたちに近寄って来たんだ。

「付いて来てくれるのかな？」

「どうだろ、ちょっと移動してみようぜ」

すると、オレたちの移動に合わせて妖精が付いて来てくれる。嬉しくなってオレは、気付けば走り出していた。

しばらく走っていると、街の人がザワザワしだしたことに気付いた。もともと妖精がいるだけでザワザワしていたんだけど、もっとザワザワしだしたんだ。

振り返ると、セントが飛んでた。

「うおー！　なんだあれ!?　すげー!!」

「わぁ！　セント、いつの間に飛べるようになったの？」

「バカ、セントが飛べるようになったんじゃねぇよ。妖精が飛ばしてるんだ、ほら！」

セントの移動方向に妖精が手を向けているし、逆にセントは自分がどこへ飛ぶのかは分かっていないっぽかった。

「なぁ！　それ、オレにもやってくれよ！　オレも飛ばして！」

「あー、ボクも飛んでみたいかも」

それからしばらく、オレたちは妖精に空を飛ばしてもらって、すごく楽しんだ。空を飛べるなんてなかなかない。絶対友達グループで空を飛んだのはオレたちだけだ。

ギュイーンと直進したと思ったらグイッと曲がる！　まるで鳥になった感じ！　曲がるときに手足が引っ張られる感じがして、それも新鮮だった。

そうこうして、オレたちは妖精を連れて秘密基地に戻ってくることができた。

この秘密基地は2年前に見つけたとっておきの場所だ。船着き場の端から河底に下りて少し歩いたところにある。この河底はずっと水がない。雨が降ってもすこし濡れる程度で流れはできなかった。

父さんたちは水がなくても河底には絶対下りるなって言うけど、河上を見てたら水が来るかくらいすぐ分かるし、今まで全然問題なんてなかったから大丈夫だ。

秘密基地に戻ると、妖精を信じてなかったヤツらは全員目が点になってた。

へへ、だからホントだって言ったんだ。

オレたちのグループはみんな親が船乗りで、船からの荷下ろしとかをよく手伝わされてるうちに友達になった。一昨日雨が降って船が動きそうだからって、みんな昨日荷物運びを手伝わされて、久々に全員集合して、それで翌日集まろうぜってなって、今日集まったんだ。

「うわー、マジだ！　マジで妖精じゃん!!」

「すごーい！」

「光ってるな、ホントに妖精って羽で空飛ぶんだ」

「へへ、オレたちはさっき妖精に空を飛ばしてもらったんだぜ！」

すかさずオレは自慢した。こん中で空飛んだヤツなんて、絶対オレたち兄弟だけだ。

「マジでぇー!?」

「はぁ？　なにそれ、ずっりー！」

「オレも空飛びたい！」

「ボクも！」

思ったとおり、友達たちはみんな羨ましがった。けど、優しい妖精はみんなも空に飛ばしてくれたんだ。オレは優越感がなくなってちょっと残念だったけど、それもすぐに消えた。空を飛んだ楽しさを一緒に味わって、あれこれ言いあうのが楽しかった。

一通りみんな空を飛んで楽しんだ後、オレたちは妖精に宝物を見せてやった。

秘密基地にはみんなそれぞれ宝物を持ってきて隠してるんだ。普段は誰にも見せないけど、この妖精は特別だからな、もう仲間みたいなもんだし。セントも嬉しそうな顔で親の形見を妖精に見せていた。あんまり笑わないセントが笑っていて、オレはなんだか安心したんだ。

楽しい時間はあっと言う間に過ぎる。気付けば夕暮れで、オレたちは急いで家に帰った。

んで、遅くなったからって、母さんにしこたま怒られたんだ……。なんでオレだけ？

ドレスアップ ✦ 妖精

朝起きたら鳥籠メイドさんが何やら怪しい動きをしていた。

今日も私は街へ観光に行く予定だったんだけど、なにやら私に用があるらしい。鳥籠から出て窓から外へ行こうとしていた私に対して、何かを伝えようとジェスチャーしてくる。

なるほど、わからん。もはや不思議な踊りだよ、それ。

何もわからないけど、出て行ってほしくないことだけはわかった。私が部屋に戻るとあからさまにホッとしてたから間違いないでしょ。

外を見ると、大勢の騎士たちが城の前の広場に集合していた。

眺めていると、ぞろぞろと騎士たちが外へ出ていく。

なんだろう、遠征かな？　ちょっと近場で任務とかそういうノリじゃなさそうだ。なんだか荷物が物々しい。戦闘以外の荷物っぽいからそこそこ遠出する気がする。私はちょっと付いて行きたい気分を抑えながら、騎士たちが小さくなっていくのをボーッと眺めていた。

するとドアがノックされ、人がいっぱいやってきた。

まず、銀髪ちゃんとドアップ様、その2人のお付きのメイドさん数人、そして初めて見るぽっちゃりした男の人、その後に何やら荷物を持った3人の女性。

いっぱい来たなー、いっきに部屋が狭くなった気がするよ。

ドアップ様と男の人がしゃべっている。この人は商人かな？

その後ろで女性3人が荷物を開いて何やら準備しだした。あれは……、手芸用の道具だね。針とか糸とかハサミとかが見える。つまりこの女性3人はお針子さんか。

そうこうしていると、ぽちゃ商人さんが私に何やら話しかけてきた。何言っているのかは相変わらずわからないけど、めっちゃ笑顔だ。

なんだなんだ？　疑問に思っていると、トリプルお針子さんが小さい私サイズのドレスを数着出してきた。

あー、そういや採寸されてたなー。

そして私は着せ替え人形になったのだった。サイズ的にもまさに人形だしね。よくこの短時間で作ったなー。確か採寸されたのって4日前くらいだったよね。

とっかえひっかえ着せ替えられる度に、ドアップ様とトリプルお針子さんがキャイキャイ喜んでいる。可愛いモノ好きなんだろう、4人ですごく仲良さそうにはしゃいでいるね。良いのか、女王でしょ？　お針子さんとの身分差とか問題にならないの？　まぁ仲が悪いよりは全然良いか。

そして、ぽちゃ商人さんはいつの間にか部屋から出て行っていた。女の子の着替えを見る訳にはいかないんだろう。私はなんだか一部の感情が抜けたっぽいんで、見られても全然かまわないんだけど。

着せられるドレスは全部ヒラヒラ系だ。袖口とかかなりヒラヒラに広がっている。ぴっちりサイズは小さ過ぎて作るのが難しいのかもしれないな。いや、そもそも腕まわりまでは採寸されていなかったっけか。

ボタンの代わりにビーズが付いてる。大きめのビーズを穴に通して留めるようにしてあるのか。そりゃ、こんな小さなボタンないもんね。

服の端はほつれないように、ちゃんと布が少し折り返して縫われている。細かい。これ全部手縫いっぽいけど、こんなの縫ってると気が狂いそうだ。マジでよくこんなの４日で用意できたなー、すご。

ブーツも用意されていた。普段私は裸足だからこれは有難いかも。

すごく薄い革でできてるブーツだ。合成皮革もないだろうに、こんな薄い革よく用意できたね。靴底は木製だ。

実際履いてみると、素足にこのブーツは痛い。若干足の形にも合っていない気がする。靴擦れになりそうだよ。裏地もなく革１枚ダイレクトで足がこすれる。せめて靴下をおくれよ。無理かな。小さいもんね。

うーん、靴はしばらく実用化はなしだね。

ただ、私はそれを言葉で伝えることができない。せめてもの意思表示としてブーツをぺいっと投げやった。おお、そんな悲しそうな顔しないでよ……。めっちゃ罪悪感湧くじゃん……。

一通り着せ替えられた後、私は再び採寸された。前回は身長や腰まわりなど要所要所だけだったけど、今回は細かいところまで測るっぽい。メジャーを腕に巻かれる。人間サイズのでかいメジャーで割箸みたいな私の腕を器用に測っていく。

え、指も測るの？　マジか。手袋でも作るの？　それか指輪か。いやいやいや、そのメジャーで私の指を測るのは無理でしょ。トリプルお針子さんの1人が四苦八苦してたけど、しばらくして諦めたようだ。

と思ったら糸を指に巻かれ、その後その糸の長さを測っていた。うはー、ここまで来るともはや執念だね。すご。わざわざそんなに細かく測らなくても、さっきのヒラヒラドレスでよくない？

そして私は、色んなところに糸を巻かれてしまったのだった……。

何が楽しいのか、そんな採寸の状況をドアップ様はニコニコして見ている。

銀髪ちゃんは普通だ。可愛いモノに心動かされないタイプなのかな。もしくは顔に出ないタイプ？　もう、ムッツリなんだからー。

そうして結構な時間人形にされて、トリプルお針子さんが帰り支度を始める。いつの間に戻ってきたのか、ぽちゃ商人さんが挨拶してきた。うんうん、よくわからないけど良きにはからえ。

ぽちゃ商人さんとトリプルお針子さんが帰っていって、ようやくようやく解放かーと思ったらそうじゃなかった。鳥籠メイドさんが鳥籠を持ってアピールしてくる。この動作はアレだ。ハウス。

忠実な王家のペットである私は、素直に鳥籠に戻る。わんわん。

◆

鳥籠のまま連れられて行くと、そのままお風呂に入れられた。

特に今日は汚れてないけど、入れてくれると言うなら喜んで入るよ。私はここに来てから毎日お風呂に入れてもらっているのだ。

まずは、かけ湯をしてもらう。

何を隠そう、私のお風呂は1人じゃない。メイドちゃんが1人付いて、何から何までやってくれる。このメイドちゃんは鳥籠メイドさんとは別のメイドちゃんで、鳥籠メイドさんの補佐的な立場なんだと思う。たまに私の部屋でも見るしお風呂専門てワケじゃないハズだ。年齢的に幼さが残るから、たぶん見習いだね。

そんな見習いメイドちゃんが私にお湯をかけてくれる。ホットケーキにかけるハチミツが入っているような小さな容器を使っていて、小さい私のために色々な工夫をしてくれているのがわかった。ありがたいね。

かけ湯が終わったら入浴だ。いぇーい、ざっぱーん！

飛び込みからそのまま対岸まで泳ぐ。風呂桶にお湯を溜める程度で十分なのに、毎回人間サイズの大浴場を用意してくれるなんて太っ腹だよね。

一昨日は私の泳ぎを悲しそうに見ていた見習いメイドちゃんも、2日も経とうものなら達観した顔で私の泳ぎを眺めている。

この2日でだいぶ羽を使った泳ぎも上達してきた。まず水しぶきがそれほど凄くなくなった。余計なエネルギーを推進力に変えられたからか、スピードも上がったよ。

今なら荒波も越えられるハズ。うぉぉん！

なんなら潜ることだってできる。高速潜水艦だーっ！

しばらく泳いで満足したら、見習いメイドちゃんが体を洗ってくれるのだ。小さい私の頭も指先で器用にケアしてくれる。気持ちいい。

ただ、自分の指先ほどのでかい水滴が自分の体に大量に付くのには未だに慣れない。私が小さくなっても水の物理法則は変わってくれないんだなぁ。

◆

いつもならお風呂からあがると、私が最初に着ていた服を着せられて部屋に戻されて後はもう寝るだけなんだけど、今日はまだ時間がある。用意されていた服も最初の服じゃなくてドレスだった。

何故だ、ドレスならさっきしこたま着たのに。

ドレスを着せられ鏡台の机の上に立たされる。そして化粧道具を持った数人のメイドさんに囲まれた。え？　お化粧するの？　そのでかい道具で？

私は初めて自分の顔を鏡で見た。緑の髪に緑の瞳だ。

おお、可愛いじゃん。自画自賛になっちゃうけど、なかなか可愛い。どうやら私は、ぶちゃカワ枠じゃなくて普通にカワイイ枠で王家のペット入りしたようだ。

そんな私に、メイドさんたちが化粧道具を向けてくる。

顔をバシャバシャされたり、ポンポンされたり……、むぐぐ。ポンポンされた後は顔が心なしか白くなっていた。その次に、紅色の染料をしみこませた布で頬をちょんちょんされる。そしてぐりぐりと滲ませて……。

これ絶対正規のお化粧手順じゃないでしょ。布をよじって尖らせたり棒の先にくっつけたりと、明らかに試行錯誤しながら今手順を考えてますといった、たどたどしい手つきだ。

目元に筆が迫ってくる。ちょっと、震えてるよ。プルプル……、やめろ！　目に入る！　震えてるから！　筆先震えてるからぁ!!

逃げようとした私を別のメイドさんががっちりホールドしてくる。

どうする？　すり抜けて逃げるか？　でも今逃げたら化粧途中の私の顔はひどく滑稽だ。どうせなら最後までやってもらいたい。ええい、ままよ！

と思ったら、メイドさんが諦めたようだ。1人が部屋を出て何処かへ行き、そして台座を用意して戻ってきた。なんか血圧測定器みたいな腕を乗せる台座だ。なるほど、腕をホールドして手ブレ軽減ね。それ製図用？　絶対お化粧用じゃないでしょ。

なんだかんだと四苦八苦しながらようやくお化粧が終わったと思ったら、私はまた鳥籠に入れられ知らない部屋まで運ばれた。

顔がムズムズする。顔を思いっきりゴシゴシしたい気分だけど、今そんなことをしたら化粧が崩れて酷いことになっちゃうだろう。アマゾネスの戦化粧みたいになっちゃうかもしれない。我慢するしかないね。

運ばれた部屋はそこそこ豪華だ。銀髪ちゃんもいる。

私は銀髪ちゃんに向けて手を振ってみた。おーい。それに対して銀髪ちゃんの視線は泳ぐ。手が上がりかけて、そのまま下ろされるのが見えた。うーん、照れかな？

銀髪ちゃんは難しいお年頃なのかもしれない。大人っぽくありたくて背伸びしてるって感じなんだよね。普段から笑顔もほとんどないもんねぇ。あの年頃なら遊んで笑って元気いっぱいが自然だと思うんだけどなー。王族だから色々と大変なのかも。

その後銀髪ちゃんは席を立ち、私を含めた一行はさらに移動する。そうして、大きな大きなドアの前までやってきた。門の両側には兵士が１人ずつ立っている。

んー？　この豪華さ、もしや謁見の間？

つまり王様に会うためにドレスアップさせられたのか、なるほど。その辺にある壺とか倒したら怒られるんだろうなぁ……。ってか、謁見のやり方とか知らないんだけど……。

ま、いっか。なんとかなるでしょ。

確認 ✧ 国王

その話を聞いたのは、娘のティレスが帰ってきた日であった。

初めから滑稽だった報告は、それから日が経つにつれて異常さが際立っていく。

最初は光の球騒ぎであった。

城中の者が光の球を追いかけ右往左往し、日が落ちた時間とは言えほとんどの政務が止まってしまった。

すわ、帝国の攻撃かと思われたその騒動は、妖精が城に侵入して来ていたのだという。何をバカなことを、そんな御伽話のような夢物語でバカ騒ぎをしておったのかと、そのときは思ったものだった。

次の報告はティレスからだった。

夜更けにもかかわらず急ぎ報告がしたいと言う。なんでも道中野盗に襲われた際に妖精に救われたそうだ。妖精は非常に強力な癒しの力を持ち、儂の妻の病も治せるかもしれないという報告だった。

さらには妖精が通った後は萎れた作物が復活するという。そして妖精が来たおかげで雨が降り出したと。確かにその夜、珍しく今まで降らなかったしっかりとした雨が降っていた。

娘を守り無事送り届けてくれたことには感謝する。しかし話が美味過ぎる。経験上、世の中そんなに美味いばかりの話は存在しない。

その翌日はまた酷いものだった。

朝から妖精がいないと大騒ぎしておったのだ。街中捜しまわったあげく、捜索対象の妖精は城の大浴場で泳ぎまわっており、最終的にもとの鳥籠に戻って寝ていたと言うではないか。

逃げ出したという報告にはやはりなと納得したものだが、何故戻ってきたのかは全く理解できんかった。

そこからもまた、信じられない話の連続だった。

なんと妖精が泳いだ風呂が聖域となったという。そして妻がその風呂に浸かると病が治ったと。

風呂の湯も、貯水槽からではなく妖精が魔法で出したと。

風呂は時間が経つにつれ効果が薄まると言う。儂は、可能ならば妖精を毎日風呂に入れておけと指示を出した。

妻の回復はとても喜ばしいことだが、報告はそれで終わらなかった。

なんと妻の病は呪いであったという。前宰相も同様に呪われていたのだろうと。

呪いが解かれればその効果は術者に返る。帝国の仕業であれば東へ返るであろうその呪いは、なんと逆の西へ飛び去ったという。あれから呪いの元を調査させておるが、少なくとも王都内ではなく遠方からの呪いであろうとのことだった。

西門からは妖精が通っただけで古傷が癒えたという報告があがった。

そこまでの報告をまとめると、水不足、作物不良、戦争での負傷による人員不足までもが一気に解決する。そんな美味い話があろうか?

妻が治ってから儂は、妖精が如何に素晴らしいか、如何に可愛らしいかを散々聞かされた。

確かにここまでの効果を生む妖精は国にとっても得難い存在だ。しかし毎夜聞かされる妖精話に、儂は食傷気味となったのだった。

話はまだ終わらない。

翌日には街で大騒ぎを引き起こしたという。儂は急いでお触れを出した。放っておいたら何をされるか分かったものではない。特に薬師ギルドや商業ギルドは妖精を利用しようと躍起になるだろう。きつく言っておかねばならなかった。

さらに話は続く。

定期的に宝物庫の物品を確認している部署から、目録にない宝が増えているという報告が来た。また理解できない話が来た。減っていれば盗まれたのであろうと理解できるが、勝手に宝が増えるとはどういうことなのだ。

増えていたのは宝剣だった。もともとあった宝剣と同じ形状で、性能はまったく別物の剣が４振り増えていたのだ。調査させたところ、柄の宝玉の色に合わせた属性が宿っているという。

試し切りをさせたが、伝説級と言わざるを得ない異常な効果だった。騎士が青色の剣を振ると、なんと水の刃が飛び出したのだ。そしてその水の刃は狙った遠くの的を斬り付けることができた。緑は風の刃が、茶は石礫が、黄は光の刃が遠方の的を詠唱もなしに破壊する。これは戦い方が変わる。

よほど力のある魔術師でないと無詠唱での攻撃魔法など撃てない。そういった者は生涯を魔術に捧げているような者達だ。戦場で走り回るなどできはせず、前衛に守られての固定砲台役が関の山なのだ。詠唱が必要な者ももちろん、魔術特化であれば前衛に守られながら戦うのが常識だ。

剣を扱える者には、攻撃に使えるほど強力な魔術を使える者はそうそういない。それがどうだ、あれらの宝剣を前衛が使用すれば、動ける魔術師のできあがりではないか。時代が変わるかもしれない。この剣も妖精の仕業なのだろうか？

ここまででも議論すべき内容がいくつもあるが、まだまだ話は終わらない。

なんと本館と西館の間にも聖域ができているという。しかもこちらはお湯が時間制限付きの聖水になっているといった程度の話ではなかった。場が神聖な魔力で満ち、霊薬や霊石の類が生えてきているという。

霊薬や霊石は、力をもった神獣や精霊の住処にできるという。それらは一流の冒険者が険しい道程を経てようやくたどり着けるかといった魔境の奥地に存在し、滅多に市場に出回ることはない。

それが城に生えているだと？

それが本当なら、この国が陥っている財政難が一気に解決する。

しかし安易に売り払えるモノでもない。下手に手放し敵国に流れようものなら、こちらが痛い目を見るのは明白だ。これも協議が必要な案件であった。

◆

謁見の間の扉が開く。ティレスを先頭に鳥籠を抱えた侍女が進んできた。

さて、件の妖精とやらは……。鳥籠から出されてキョロキョロしておるな。こちらを見て、隣の妻を見て……、顔が小さいから視線が分かり辛い。

ふむ、跪いたか……。これは驚異的なことではないか？　絵本はいざ知らず、神話に登場する妖精は人間社会の上下関係を考慮した行動を取るなどしていない。この妖精は人間社会にある程度精通しておるのか。しかしその上でこれまでの騒動だ。なるほどな。

実を言うとこの謁見には大した意味はない。

報告など事前に全て受けておるのだし、儂が件の妖精を確認したかっただけだ。しかし実際に見てみて、意味はあった。儂の考えは纏まった。

放置で良い。

あれこれ利用しようなどと考えずとも、その場におれば国益になるのだ。多少騒がしくなったところで益の方が遥かに大きい。

かと言ってこの国に留めようと手を尽くしても、モノを透過するのでは物理的に留めておくことなどできぬであろう。地位や義務を与えたところで、それらを無視してしまえる存在でもある。

このような存在、制御などできぬ。せいぜい、仲良くしてこちらを良く思ってもらうくらいしか、我々に取れる手段などないのだ。

果実 ✧ 妖精

謁見は割とすぐに終わった。

作法とか全くわからないまま放り出されたけど、意外と何事もなく無事に終わって良かったよ。

王様は金髪ヒゲおじさんだった。まさにトランプのキングみたいな王様だ。綺麗なストレートの金髪だけど、おでこが広い。まさにロイヤルなストレートのフラッシュだったよ。

フラッシュ様の横にはドアップ様も座っていて、金髪兄さんも横に立っていた。他にもなんだかいっぱいいたけど、よくわからなかった。そしてよくわからないまま終わった。

謁見後はすぐにドレスを脱がされ化粧も落とされて解放してくれた。

ドレスを着せ替えさせられていたときはわからなかったけど、ドレスを着て実際動いてみると、なかなかに難儀だったよ。糸が人間サイズだから結び目とかがゴリゴリ体にあたるんだよね。さらに縫い代が広いのでサワサワと肌に当たって、くすぐったいったらありゃしない。

私は脱がされたドレスのゴリゴリポイントやサワサワポイントを指さし、改善を要求した。鳥籠メイドさんが頷いてくれていたので、たぶん伝わったんだろう。もう着る機会ないかもしれないけどね。

鳥籠メイドさんにいつもの部屋に戻された後、鳥籠は開放されたままにされた。

ようやく自由時間かな、もう昼近いけど今からでも街に行こうか。前に冒険者ギルドに行ったときはすぐに大乱闘になったからよく見れなかったんだよね。もう1度行ってみよ。

あー、そうだ。もうすぐお昼時だし、うまくいけば食事中の冒険者もいるかもしれないね。またお肉が食べたい。物々交換でなんとかならないかな。そう言えば前に植えた果物がそろそろなっているかもしれない。ちょっと寄って行こうっと。

◆

果樹を植えたところに行ってみると、ちょっとでかい草程度だった果樹がもう立派な木に育っていた。周りにも見覚えのない少し青みがかった白い花が生えていて、なんか光っている。これ絶対普通の花じゃないでしょ。んで青い水晶みたいなのも生えてきていた。なんか神聖なオーラを感じる。ぼく神聖ですってアピールされてるよ。

もしかして、この花とか結晶は私の影響？

お城の周りの他の場所にはこんなのなかったし、この場所だけあるってことは少なからず影響してそうだ。でもまぁ、バレなきゃ怒られないでしょ。仮にバレたとしても、綺麗だねって喜んでくれるハズだ、きっと。

それは置いておいて、問題の果物は……。

私が一口で食べられるくらいの小さい実がいっぱいなっている。これは人にはちょっと小さすぎるね。人間だと豆粒よりも小さい。うっかり落としたら人には見つけられないかも。

1粒食べてみる。お、美味しい。リンゴとブドウの間みたいな味だ。皮ごと食べられて種もない。これでタルトとか作ったら絶対美味しいでしょ。お城の厨房に置いておいてみようかな。もしかしたら何か作ってくれるかもしれないし。

あ、人間サイズあった！

1つしかないけど、1つだけでかい。人間サイズでリンゴくらいある。よし、これを持って冒険者ギルドに行ってみよう。

その前に小さい方を厨房へ置いて来よう。私は自分の身長くらいの瓶を作って浮かせ、その瓶に小さい方の実を集めていく。

◆

えーと、厨房は確か1階の東寄りにあったような……。船着き場のある東側にあった方が便利なのかなぁ。

外から透視して厨房を見つけ、人目がないタイミングで厨房に侵入。

一瞬、お肉を食べるなら冒険者ギルドまで行かなくてもここで良いのでは、と思ったけど、すでに料理は食卓に運ばれたのか調理済みの料理は置いていなかった。

壁にはフライパンとかがいっぱい掛けられている。これは銅製かな？　その横の壁際には大きな竈が3つ、窓際には色々なモノが入った瓶類、テーブルにはさっきまで調理してたらしい食材や調理器具が色々と置かれていて、天井からもなにやら吊るされている。

私は持ってきた果実詰めの瓶を窓際の瓶類に紛れ込ませて離脱した。

そして、もう1度果樹に戻って人間サイズの果物をゲット。

よし、冒険者ギルドに行こうっと。

怠惰な冒険者 ✧ 冒険者ダスター

俺はいつものようにギルド併設の酒場で飲んだくれていた。

他の奴らは、護衛依頼やらが多く貼り出されたってことで出払っている。今ギルド内に居るのは新人の受付嬢と、酒場のマスターと言うよりは厨房係と言った方が似合ういつものオッサン、そして昼間から仕事もせずに飲んだくれている怠惰な冒険者の俺くらいだ。

「もう、ダスターさん！　もう少し働いたらどうなんです？」

誰もいなくて暇なんだろう、新人受付嬢がわざわざこちらまで来て小言を言ってくる。

「あ、ああ、古傷が痛くてね……」

「うーん、そうですか……」

分かってるさ、こんなにサボってばかりじゃダメだってことは。

ただ、俺は要領は良い方だ。1日依頼を受ければ3日はサボってても最低限の生活ができる。自分の限界を感じて以降、若い頃のように上を目指す熱意がなくなってしまった。それからは今のような怠惰な生活をひたすら続けているのだ。

雨が降る前なら、そんな生活でもまわりに紛れて目立たなかった。受けられる依頼の数が少なく、俺みたいな生活をしていた冒険者は少なくなかったのだ。しかし、受けられる依頼が増えると連中はいそいそと仕事に出て行った。

俺は連中とは違った訳だ。ただ怠惰なだけ……。

長年冒険者を続けてきた俺は、状況判断能力や諸々の知識は結構付いたと思う。

しかし、俺は説明下手だった。口下手と言っても良い。普通は数人のパーティーを組んで行動する冒険者だが、俺はパーティーを組めなかった。俺の怠惰な生活は、パーティーを組んでいないということも影響している。

「それでも、もう少し働いてくれると嬉しいですけど。今はポーションも足りてませんし、薬草採取だけでもぉ」

「そうだな……」

「もう……」

諦めた受付嬢が戻っていく。そんなとき、突然妖精がギルドに入ってきた。受付嬢がクチをパクパク開けて驚いている。まぁ、トラウマもんだろうしな。

あの妖精は2日前にも冒険者ギルドに来ていた。そのときはちょうど依頼が貼り出されていたタイミングと被っており、多くの冒険者がいた。

冒険者なんてもんは強欲な奴らの方が多い。そんな中に金になりそうなモノが放り込まれれば奪い合いになる訳で、2日前は依頼ボードや受付カウンターが破損するほどの大騒ぎになったのだ。

俺はそんな騒ぎに参加する熱意などなく、ギルドの隅から眺めていただけだった。しかし、あの受付嬢は受付カウンターが破損した際に傍にいた筈だし、騒動後は真っ二つになった依頼ボードの修復のために、悲しそうな顔で釘を打ち付けていたのを覚えている。

ま、妖精が来ようが俺には関係ない。そう思っていたのだが、どうやら甘かったようだ。妖精は俺を見るなり一直線にこちらに飛んできた。しかもなんだ、緑のボール？　果物か？　が、妖精の隣に浮きながら一緒に飛んでくる。受付嬢があからさまにホッとしているのを横目で見てしまった。

妖精はしきりに俺が食っていた肉の上で滑稽な動作をしていた。腕をグルグル回している。

何がしたいんだ？　なにか光ってる粉が肉にかかってるんだが……、あまり俺の肉の上で飛び回らないでほしい。

何をしているのか問おうとクチを開けた瞬間に、拳大くらいある緑の果物をクチの中に押し込まれた！　おまっ!!　おい！

慌てて噛み切ると、案外やわらかい。

うっま！　なんだこれは!?

俺が夢中で果物を食い始めた横で、妖精は俺の肉を食い始めたのだった。

冒険者ギルド内部 ✦ 妖精

リンゴサイズだけど、見た目は1粒だけのマスカットのような緑の謎果物を浮かせて冒険者ギルドに向かう。

河の水はまた増えていて、前よりも少し大きめの船が荷物を満載にして行き交っていた。無理すれば数十人乗れそうなサイズだ。でも荷下ろし場までは来れないっぽくて、荷物の積み降ろしのために小さな船が船着き場と中くらいの船の間を行ったり来たりしている。大きな船は未だ係留されたままだった。

ふと気づくと、街並みの窓際に置かれている鉢植えに花が咲いていている。初めてこの街に来たときは咲いてなかったよね、雨期に咲く花なのかなぁ。

◆

冒険者ギルドに入ると、前回はあんなに人がごった返していたのに今はほとんど人がいなかった。受付の人がクチをパクパクしながらこちらを見ている。なに？　この果物が欲しいのかな？　でも残念、これはお肉交換用なのだ。

お、さっそく私は獲物を見つけた。飲食コーナーで飲んだくれてる冒険者の前にお肉発見。さっそく交渉してみる。そのお肉とこの果物、交換してくださいな。

冒険者の前で果物を指さし、次にお肉を指さす。指をクルクルまわして交換をアピール、伝わったか？

……伝わってないか。

私はもう1度、今度は両腕をクルクルまわして交換をアピール、ダメか。

うーん、これと、これ、交換、わかる？

ワタシ、ソレ、タベル、アナタ、コレ、タベル、ハッピー、オーケー？

ぬぅ……、なんかだんだん面倒になってきたな。お肉は目の前にあるのにマテ状態の犬の気分だ。

私は確かに王家のペットだけど、あんたのペットじゃないんだぞ。

冒険者がクチを開いたんで。とりあえず果物を突っ込んでみた。

ほら、美味しいでしょ？　美味しいと言え。

あ、美味しかったのは小さい方か。大きい方の果物はどうなんだろ？　もしかして不味かったかな……。

ちょっと心配したけど、冒険者は夢中で果物を食べ始めた。なんだ、やっぱり美味しかったんじゃん。私は安心してお肉を頂くことにする。

お肉を切り分けるのにステーキ用ナイフである必要はない。このサイズで人間サイズの食べ物を食べるには、色々と固定観念を捨てた方が食べやすいってことに私は薄々気づいちゃったんだよね。

めちゃくちゃ切れ味の良い私サイズの剣を作ってスパッとお肉を細切れにする。それをめちゃくちゃよく刺さる小さい槍で突いて串焼き肉状態にした。

ハフハフ、中はまだ温かい、うまー！

前回と同じくやっぱり薄味で胡椒とかスパイスは利いていないけど、ほんのり塩味が良い感じだね。

いくら私が食い意地はってると言っても、人間の冒険者向け特大塊肉を全部食べられるわけがない。なにせこのお肉、私より体積がでかい。全部食べてしまったら私の体はぽっこりするどころじゃないからね。良い感じにお腹も膨れたし、こんくらいにしとこっと。ごちそうさまです。

さて、改めて冒険者ギルドを見て回ろう。

今いる飲食コーナーは2階が吹き抜けになっていて、一部ロフトみたいな構造で2階席がある。

受付カウンター側は吹き抜けになってなくて、そっちはそっちで別の階段がある。ロフトの2階席には3階への階段がないから、3階には受付カウンター側の階段からしか行けないんだろうね。

受付カウンターには銀行窓口みたいな応対場所が3箇所、その横に広めの応対場所が1つ。広めのところが買い取りカウンターってヤツかもしれないな。

入り口とは反対側の壁際には依頼票らしき紙が貼り付けられた掲示板。依頼票を見てみたけど文字ばっかりで理解できなかった。挿絵でもあれば色々想像できたんだけどなぁ、残念。

む、この掲示板真ん中で割れてるね。裏側から板が打ち付けられて修理されてる。さすが冒険者ギルド、短気な冒険者がキレて壊したのかもしれない。こわ。

依頼票の掲示板の横には開け放たれた扉があって、行ってみると中庭みたいなところに出た。端に木剣とか置いてある。なるほど、訓練スペースだね。

もう1度ギルド内に戻って、今度は受付カウンター横の階段を上がる。とそのとき、受付の人が階段をふさいだ。両手を広げて通せんぼしている。ふむ、行っちゃダメ？　ホントに？　どうしても？　そっかー。

私は諦めて中庭に出た。

そしてそのまま2階へすり抜ける。諦めたのは階段から上ることだけなんだ。ふははは。

2階は飲食コーナー側が吹き抜けになっているからやっぱり狭い。デスクが6個置かれていて、書類に埋もれて書類整理している人が数人……。こっちを見ている。

いぇーい、ぴーすぴーす。

……2階は面白みないな。そのまま3階へ。

3階は廊下があってドアが並んでいる。

商談スペースとかかな？　商談スペースにお客さんを上げるのに、内部事情ダダ洩れしそうな2階の事務スペースを素通りさせるの？　なんか違和感あるけど、飲食コーナーの吹き抜けが悪影響してそうせざるを得ないのかもしれないね。

なんか一番奥に1個だけちょっと立派なドアがある。入ってみよ。

おわ、筋肉オバケだ！　目があった。おわ、こっち来る！

私は捕まえられるかもしれないと思って距離をとった。そうすると筋肉オバケはその場で立ち止まって、なんか話しかけてくる。ふんふん、なるほど？　全然わかりません。

ま、いいや。ほっといて4階に行こ。

わ、付いて来る！　こわ。なんか必死さがすごい。圧倒されちゃうよ。

怖くなった私は壁を抜けて冒険者ギルドを後にした。

んー、冒険者ギルドはもう良いかな……。ちょっと遠くにでっかい尖がり屋根が見える。今度はあっちに行ってみよっと。

効果 ✦ 冒険者ダスター

果物を食べ切ったとき、俺は体が熱くなるのを感じた。

説明下手な俺が言葉で説明するのは難しいが、今ならなんでもできそうな気がする。そんな全能感があふれてくるのだ。気付けば古傷も痛まない。これは凄い、まるで俺が俺じゃないみたいだ。体の調子が非常に良い。

気付けば妖精はすでにいなかった。そのためさっきの果物が何だったのかは確かめようがない。

俺は無性に今の力を試してみたくて、久々に魔物討伐をしてみることにした。

先日、南と西の街道には護衛依頼が出ていた。だったら護衛達が街道から魔物を追い払う筈だ。そうして追われた魔物の一部が南西あたりに集まるだろう。そこなら近場で魔物を狩れる。俺は、穴場を見つけるといった要領は良いからな。おそらく場所にハズレはない。

◆

準備を整え昼過ぎには南門から王都を出て、街道を西にそれ数刻歩く。いた……。

5匹のウルフが群れている。すでに気付かれているな。

普段なら牽制しつつ逃げるか1匹ずつ釣って倒すのだが、俺は不思議といけると思った。そのまま迎え撃つ。

正面から1匹のウルフが突っ込んできた。が、止まって見える。なんだこれは?

俺は余裕をもって、右足を軸に左足を後ろへずらして体をそらしつつ、タイミングを合わせて片手剣を振り下ろした。ウルフはそのままの勢いで首と胴が分かれて地面に叩きつけられる。

ただの鉄剣だが、どこまでなら衝撃を与えても剣が耐えられるのか感覚でわかる。まるで剣が体の一部になったように。

同時に別角度から2匹目のウルフが突っ込んで来ている。左足に重心を移しつつ右足を下げながら、振り下ろしていた片手剣を振り上げた。

振り下ろしよりも威力が落ちる筈の剣撃は、後退しながらの一撃にもかかわらず、そのままウルフを半ばまで切り裂いた。打ち上げられたウルフは錐揉みしながら俺の上を越えていく。

体が思った通りに動くぞ。想像はしても実践はできない、そんな理想の動きに体が違和感なく付いてくる。これは異常だ。

無惨に散った2匹を見て、残り3匹が動きを止めた。その内の1匹に俺が走り寄ると、相手は避けようと予備動作を開始した。

全てを見てとれる。飛び退ろうとするための重心移動。右前足が若干他よりも深く沈み込んでいることで、そのウルフが右へ、俺から見て左へ飛び退ろうとしていることが瞬時に理解できた。

なんだこの観察眼は。そういった判断ができたことに戸惑う自分と、その判断は間違っていないと確信する冷静な自分が同居している。

冷静な方の自分が、左に飛び退ろうとするウルフの動きに合わせて進行方向に剣を振った。そのウルフは剣の勢いに自身の勢いをプラスされた一撃を食らう羽目になり、前足2本と本体が別々の方向へ飛んでいく。

残り2匹。砂を蹴り上げ1匹を牽制し、その隙にもう1匹を屠る。返す刀で最後の1匹、あっという間だった。

他人であったなら、どんなに高名な剣士だろうかと思ったことだろう。それを俺がやった。やはり俺の体は何かが変わったのだ。

絶対に妖精の影響だ。あの果物が原因としか考えられない。これはギルドに報告しておいた方が良いだろう。果物を食べるだけで怠惰な冒険者が英雄になることができる、そんな馬鹿げた話が出回ればどんな騒ぎが起こるか分かったもんじゃない。急いで帰る必要がある。

俺はウルフの討伐部位だけ回収して解体もせずに処理し、帰路に就いた。

◆

ギルドに戻るとすでに暗くなり始めていたが、俺は受付嬢に体の異常を伝えようとした。

「あら、ダスターさん。あの後どこに行っていたんですか？」

「あ、えーと、魔物を狩りにな……」

「え？　珍しいですね、ダスターさんが討伐なんて」

「ああ、それで……、昼に妖精が来たじゃないか」

何から話せば良いのか、俺は説明下手なんだ。

「来ましたね。あの後大変だったんですからね！　ギルマスがめちゃくちゃ不機嫌で下りてくるし、私は止めたのに妖精が上に行ってたみたいで……。気付いたらダスターさんもいないし」

捲し立てられると、余計話が分からなくなる。よくこんなにも流暢に話せるもんだ。羨ましい。

「ああ、それはすまなかった。それで、その妖精から果物をもらったんだが……」

「果物ですか？　そう言えばお昼に何か、クチに突っ込まれていましたよね？　大丈夫でした？」

「ああ、大丈夫……、いや、ちがうか。あの果物はな、食べると体の調子が良くなると言うか……」

あの果物の効果は異常だ。それをどう話せば伝わるのかと考えていると、受付嬢が言った。

「ああ、ダスターさんもなんですね！」

「……も？」

あの果物を他にも食べた奴がいるのか？

あれほどの効果だ、他にもいたならウワサくらい聞いてそうなもんだが……。

「ええ、なんでもあの妖精の近くに行ったら、傷が治ったり体の調子がよくなるんですって！」

なんだって？　つまり俺の体の調子が良くなったのは果物のせいじゃなくて、妖精が近くに来たからなのか？

「西門の人たちとか、戦争の古傷が治ったって大騒ぎですよ！　それに、この前もギルドに妖精が来たじゃないですか？　あの後、冒険者さんの何人かは怪我とかも治ってすごく調子が良くなったんですって！」

そうか……、俺は特別な力を手に入れた気になっていたが、結構な人数がこの状態になっていたのか。先に受付嬢が説明してくれて良かった。俺1人が特別だと思い込んで自慢でもしようものなら、大恥をかくところだった。

昔先輩も言っていた、調子に乗り過ぎた奴から死んでいくって。そして俺は少なからず、今まで馬鹿にしてきた奴らを見返してやりたかったんだと気づいた。

危なかった、調子に乗ってはいけない。俺なんて駄目な奴は、3日に1度くらい適当に稼いでいればいいんだ。

「あの、ダスターさん？」

なんだか恥ずかしくなった俺は何も言わずに逃げ帰った。

しまったな、ウルフの討伐部位をギルドに提出してなかった。

教会 ⁘ 妖精

冒険者ギルドを出た私は、大きな尖がり屋根のある建物までやってきた。

T字の上に半円の付いたマークが尖がり屋根の上に付いている。雰囲気的にたぶん教会だ。

他の大きめな建物は正面玄関が日当たりの良い南側に向いてるんだけど、この建物の正面玄関は北向きだった。だから、入り口前の庭みたいなスペースは少し暗い。

入り口には例のごとく白虹を模したアーチ構造。そこに2人の女神様みたいなレリーフ。

うーん、これはもしかして2つの月なのかな？　白虹の近くに2つある象徴的なモノといえば、それはもう2つの月くらいしか思いつかない。月が信仰対象？

中に入ると薄暗い大きな部屋にステンドグラスの光が綺麗に入ってきていて、幻想的な雰囲気を醸し出していた。なるほど、入り口が北向きなのはステンドグラスの光を中に入れるためだったのね。礼拝堂らしき広間の奥の壁の高い位置に、大きなステンドグラスが配置されていた。

たぶん宗教的な意味を持つ場面の描写だと思うんだけど、こういう抽象的な描画ってよくわからないんだよね。なんかキレイ、それだけだ。

礼拝堂の中には長椅子が等間隔に置かれてはいるけど、人はほとんどいない。奥の方に司祭っぽい人がいた。白虹を模したアーチを曲げたような独特の形状の帽子を被っている白ローブの人だ。胸にはアーチ形状のトップが付いたネックレスをしている。あのマークがこの教会のシンボルマークなんだろうな。やっぱり白虹は信仰の対象なんだね。

礼拝堂の中央の天井は高い。おそらくステンドグラスからの光を効率的に入れるためかな。でも中央以外の天井は普通だ。たぶん両側は2階以上の上階があるんだと思う。

高い天井にも長椅子の下にもホコリがない。掃除が徹底されているようだ。

中央奥には2人の女神様っぽい人を侍らせた1人の男の石像。もし2人の女神様が月で合ってるんなら、残りはもう太陽しかないよね。月と太陽の擬人化？　ふーむ。

そうこうしていると何やら人が集まってきた。なんとなく皆統一された雰囲気のある服装をしているから、たぶん全員この教会の関係者なんだろう。遠巻きにオロオロしている人や私に向かって祈っている人までいる。

うーん、これまで見てきた街の様相や教会内の装飾からみて、この国は妖精信仰とかじゃないハズだ。たぶん白虹とか月とかに関係するものを崇拝していると思う。妖精のレリーフとか装飾なんて今まで1度も見ていないよ。そうすると、なんで祈られてるんだろね？

さっきの司祭っぽいおじさんが、より偉そうな3人の男の人を連れてきた。

初老2人と中年1人だ。服に金縁とかあしらわれていて、明らかにお偉いさんだとわかる。クラスチェンジ司祭、CC《シーシー》司祭だ。

そんなCC《シーシー》司祭のおじいちゃん1人が杖を振り上げ私に襲い掛かって来た。

えーっ、私さっきまで祈られてた存在なのに？　この宗教の崇拝概念どうなってんの？　片や祈って片や襲ってくるなんてヤバいでしょ!?

と思ったら中年CC《シーシー》が初老CC《シーシー》を羽交い絞めにした。

うへぇ、お偉いさんのそんな姿、他の人も見たくなかったと思うよ。静観2割、祈り4割、オロオロ4割だったのが、いっきにオロオロ10割になったじゃん。オロオロ100%だよ。濃縮還元ならぬ濃縮な諫言を見せられるこっちの身にもなってよ。

もう1人のCC《シーシー》司祭が苦笑いしながら出口を指し示す。うーん、お取り込み中だからお引き取り願いますって？

しょうがない、今日はもう帰ろう。教会こわ。

◆

お城に戻ると食事が出された。初めての食事だ。あれ、今まで出されたことなかったよね？　なんで突然今日は夕食ありなんだろう？　私サイズの小さなお皿の上に、小さな料理がすごく細かく盛り付けられている。私のために頑張って作ってくれたんだろう。

でもね、今日は冒険者ギルドでお肉を食べたし、小さな果物もいっぱい食べた。

……お腹減ってないんだよね。

申し訳ないと思いつつ私は食べなかった。鳥籠メイドさんがまた悲しそうな顔をする。いやー、ごめんって。

私は今日もお風呂に入れられ、まだ明るいうちに就寝した。

意見の相違 ✦ 老齢な枢機卿ゲイル

「妖精様と言えば神話にも登場される神聖な存在。妖精様がこの街に滞在されると言うならば、やはり教会に滞在して頂くことが当然ではないでしょうか？」

この国で最も若い枢機卿が発言する。

ワシもこの国の枢機卿の1人として、他2人の枢機卿殿と協議を進めていた。教皇聖下は聖国におられるため、この3人がこの国での〝橋〟派の実質トップとなる。この国で起こる問題は我々が責任を持って対処せねばならない。

「何をおっしゃる、妖精など迎え入れるべきではありますまい。妖精信仰など異教、むしろ妖精は排除すべきですぞ！」

2人の枢機卿殿の意見は真っ向から対立しておるようだ。ワシとしては積極的に関わりたいとは思わない。一昨日の街の騒ぎを見るに、あのような存在を制御するなど不可能だ。いらぬ混乱を招くだけだろう。

とは言っても排除などもってのほか。あの妖精が現れてから、既に様々な奇跡が起こされておる。今更排除などしようものなら反感を買うどころでは済まないであろう。なんとか2人を思いとどまらせ、教会としては静観の立場を取りたいところだが……。

「しかしですね、すでに妖精様が起こされた様々な奇跡。このような力は教会にこそ帰属すべきですよ」

「まぁまぁ、落ち着きましょうぞ。性急に動いても状況は好転しますまい」

2人の信念はかなり強いようだ。ワシがどちらにも付かないことで意見を纏まらせず、有耶無耶にしてしまう。静観を続けるにはそれしかないであろう。

「妖精殿は王女殿下のお客人とのこと、我々が下手に動けば王家との溝が深まりますぞ」

王家も無視できない。最悪なのは妖精と王家、両方を敵にまわしてしまうことだ。

そんな折、少し荒々しいノックが部屋に鳴り響く。

「なんだね？　何かあったか？」

問いかけると中年の司祭が慌ただしくドアを開けた。

「は、教会に妖精殿が来訪されまして……、教会内を飛び回っております！」

静観を決め込もう、そう思っておったのに物事はそうそう上手くはいかないようだ。騒動はあちらからやってきたか……。

「なんだと!?　神聖な教会をなんだと思っておる？　これだから異教の存在は！」

まずいのぅ、こやつ頭に血が上りきっておるではないか……。しかし様子を見に行かないわけにもいくまいか。

我々が礼拝堂まで移動すると、そこにはこの教会の者のほとんどが集まっていた。まずい、一部の者が妖精殿に祈りを捧げているではないか。

「お前達！　なに異教の存在に祈りを捧げておる！　異端であるぞ!?」

「まぁまぁ、落ち着きましょうぞ」

胃が痛む。つい先ほども同じ発言をしたが、先ほどより状況は深刻だ。

「これが落ち着いておられますかな!?　ええい、この異教の存在め！　ここで成敗してくれようぞ！」

おわぁ、こやつマジか。王女殿下のお客人のため丁重に扱えと城より通達があったというのに、杖を振り上げて妖精殿に殴りかかるとは。

「お待ちください、お待ちください！」

若い枢機卿殿が興奮したもう1人を羽交い絞めにした。

妖精殿に出口を指し示してお引き取り願う。このような状況で長居されれば、より失態が広がるだろう。もはや苦笑しかない。

幸い妖精殿は素直に出て行かれたが……。このようなところ、下の者らに見られたのはマズいのう。

……まぁ、良《よ》いか。

ワシは考えるのをやめた。

奮闘 ✦ 妖精様付き侍女シルエラ

鳥籠にお入れした妖精様をお部屋にご案内差し上げている最中《さなか》、私《わたくし》は妖精様専属を命じられました。おそらく私の家が中立派であることも都合がよろしかったのでしょう。

鳥籠をお部屋に設置しましたところ、妖精様は吊るされた鳥籠を揺らしご満悦な様子。大変お可愛らしい。

人以外のお世話など経験がございませんでしたから、非常に不安を感じておりましたが、これなら大丈夫そうです。このときはそう思ってしまいました。

再び不安を感じましたのは、その後にお茶を出させて頂いたときです。まず、ティーカップが大きすぎました。しかし妖精様サイズのティーカップなどこの城にはございませんから、仕方がなかったのです。

驚いたことに、妖精様はご自身に合った小さなカップをお出しになられて、お茶をすくって飲まれようとなされました。しかしどうやら飲むことができないご様子。よく見ればなんと、お茶がティーカップの中で丸まり出て来ないようでした。

なんとかお茶を飲もうとされた妖精様は、なんと犬のようにティーカップにお顔を入れて、そして熱かったのでしょう、失敗されました。

ここにきて私は、人ではない方のお世話は非常に困難なのではと思い始めました。

王女殿下から妖精様をおもてなしするよう仰せつかっております。しかしお茶の1つもお出しできないのでは、王城の沽券にかかわりましょう。

まずは妖精様サイズの身の回りの御品をご用意すべきだと決意しました。私は妖精様がご用意された小さなカップをさりげなく回収し、そのサイズを基準とした日用品を発注することにしました。

「まずは、陛下に謁見するためのドレスが必要です」

王女殿下はおっしゃられます。

「それだけではなく、貴族たちにも牽制が必要でしょう。季節のドレスを数着用意しなさい。貴族たちに妖精様を大事にもてなしているとアピールしなければなりません」

そうして、その日は採寸をして終わりとなりました。

◆

翌日、朝のお世話をどのように進めましょうかと思い悩みながら鳥籠の様子を窺いますと、すでに妖精様はおられませんでした。私は至急、王女殿下へご報告に上がりました。

王女殿下は捜索隊を街に放つとのことでしたが、私《わたくし》は加わりません。私には私のお役目がございます。捜索は専門の者に任せれば良《よ》いでしょう。

私は雨の中ドレスの仕立て屋を訪問しました。

街は昨日から降り出した雨に喜び、まるで今日が祭かというほどの浮かれた状態でした。ずぶ濡れになりながら喜び踊る者も見て取れる始末です。

仕立て屋に妖精様のドレスの依頼をしますと、すぐに無理との返事が来ました。

「いやぁ、嬢ちゃん、こいつぁ小さすぎるぜ。ウチじゃぁ無理だ」

「ではどこなら可能でしょうか？」

「んー、どこってなぁ。人形屋にでも頼んでみたらどうだ？」

「なるほど、ではそうさせて頂きましょう」

ドールショップを訪れた私は、ざっと店内を改め、そこに置かれたドールがどれも私の膝上程度はあることに気付きました。大き過ぎます。妖精様は手の平サイズでした。

交渉の結果、ドレスはできそう、しかしティーセットや食器類は小さすぎて無理、とのことでした。

「このサイズのカップなど、この王都では誰も作ることができないでしょう。こんなに薄くてはすぐに割れてしまいます。いやはや、このカップがどうして割れずにいるのか皆目見当がつきませんねぇ」

ドールショップのオーナーは、妖精様のティーカップを見てしみじみ感心しておりました。

私はティーカップの準備は諦め、至急ドレスを仕立てるよう依頼して王城に戻ることにしました。

その帰り、中央広場で雨に打たれる石像を見かけました。初代王の石像で、非常に細かな装飾も再現されているように見えます。

なるほど、何も陶磁器でなくて良いのです。私はその足で彫刻家を訪ねました。

「この小さなカップを彫刻で再現しろってことかい？」

「左様でございます。やはり不可能でしょうか？」

「むむ、不可能かと訊かれると何としてでも再現したくなっちゃうねぇ」

「では、ティーセットと食器類一揃いをご用意して頂きたいです。もちろんフォークやナイフなどカトラリーもです」

「うへぇ、欲張るねぇ。でもなんとかしてみせようじゃないか」

「それは有難い。よろしくお願いします」

◆

そうして私が王城に戻りますと、またもや王城内は大騒ぎの様相でした。

昨日に引き続き、妖精様が王城内で飛び回っているとのこと。王城内の捜索であれば手をお貸しできると思い捜索に加わりますと、妖精様は非常に大きな水しぶきを上げて湯船を無邪気に泳がれていたのでした。

その後再び行方が分からなくなってしまわれた妖精様は、なんと自ら鳥籠にお戻りになられておられました。王女殿下は憤慨しておられましたが、私《わたくし》はどこか安心したのです。

妖精様はここを帰る場所と認識されておられる。

人と違う方のお世話は大変なことではございますが、ここをホームと認識されておられるならば、なんとかやっていけるのではないでしょうか。

その後、妖精様が泳がれました浴場がなんと聖域になったそうでして、その聖域の効果により王妃様のご病気が快癒されました。呪いだったそうです。

◆

翌早朝、妖精様が王城に来られてから3日目の朝、私は王女殿下の命でまだ睡眠中の妖精様をサロンに運びました。王妃様主催のお茶会に参加して頂くためです。

妖精様はお茶会で振る舞われたクッキーに飛びつかれましたが、硬くて食べづらそうでした。妖精様に食べて頂くにはもっと柔らかく薄いモノを用意せねば。ただ単純に柔らかくするだけではモロモロとして粉々になってしまうでしょう。それでは薄くするなど困難です。私は後程、厨房の者と相談せねばと心にメモしました。

お茶会が終了しますと、妖精様はまたすぐにいなくなられました。

王女殿下は妖精様が戻って来られるか非常に心配されておりますが、私は心配しておりません。

おそらく本日も、気付けば鳥籠にお戻りになられている筈です。

しかし、妖精様の不在中にずっと待機は効率が悪うございます。妖精様のサイズに合わせた周辺環境を整えたいのですが、私1人ではいつ妖精様が戻られるかわからず、部屋を離れることができません。よって、私は補佐人員を要求させて頂きました。

新たに補佐として付けられた侍女はまだ幼くありましたが、中立派かつフリーであり、ある程度の仕事を任せることができる者がこの子しかいなかったそうです。

基本的にやってもらうことは少ないので問題ございませんでしょう。私が不在の際の待機が主な仕事です。それだけでは何なので、妖精様の部屋の掃除やお風呂のお世話もさせることにしました。

妖精様をお風呂に入れることは重要な任務です。今や王城の大浴場は聖域と化しているそうですが、時間経過で効果が薄まっていくとのこと。定期的に妖精様にお風呂に入って頂き、効果を持続させる狙いがあります。

妖精様が入られた後にすぐ、王妃様がご利用される予定なのだそうです。1度のご入浴であればほどの効果、今後定期的にご入浴をお続けになられますと、どれほどの美貌となってしまわれるのでしょう。

耳ざとい貴族のご婦人たちからも、利用できないかと問い合わせがきていると聞きます。昨日の今日という早さですので驚きですね。

王城の大浴場はもともと城勤めの貴族用でもありますため、お断りすることは難しいでしょう。王家が王家用の浴場を使えばよいのだと言われかねません。まぁ、その際は妖精様にも王家用の浴場をご使用頂くことになるのですが。

◆

補佐人員である侍女にある程度の引き継ぎを終え、私《わたくし》は昨日依頼した妖精様用の食器を確認するために、彫刻家の工房に向かいました。

工房の者を総動員してくださったようで、わずか1日で様々な食器類、ティーカップが形になっておりました。

「いやはや、頑張りましたよ。聞けば王城に妖精が滞在しているそうじゃないか。これらの食器はやはり妖精用で？」

工房主が問いかけてきます。妖精様は街でも大騒動を起こされているご様子、隠し通すのは不可能でしょう。

「左様でございます。ではさっそく、これらのカップを試してみましょう」

「試す？　カップはやけに色々な形を要求されていたけど……。あまり見たことがない形もある。どういうことだい？」

「水を入れてみればわかるでしょう。妖精様がご使用できるかが問題なのです」

私は何種類か作らせていたカップに水を1滴ずつ入れていきます。どのカップも小さいため、1滴だけで適量となるのです。

最も一般的な形状のカップを傾けてみました。なるほど、傾けても水はなかなか出て来ません。妖精様がお茶をお飲みになることができなかったあのときのように、水はカップの中で丸まっています。

さらにカップを傾けますと、中の水は一度に全部流れ出てしまいました。これではカップ1杯分を一気に飲み干さなければ、全身にお茶がかかってしまうことでしょう。

「はぁ、なるほどね。これでは確かに使い辛いかもね」

色々と試した結果、底が深く径が小さいほど水は出て来ないようでした。スープ皿のように浅く大きいカップほど水が出てきやすいようですが、それでも1滴が一度に全て流れ出てしまいます。

「残念ですね、この中には妖精様のご使用に適う品はないようです」

「そうかぁ、難しい依頼だね……」

私は妖精様にお茶を飲んで頂けるティーカップの形状を研究して頂くように依頼し、それ以外のできあがっていた食器を回収しました。カトラリーはまだできていないとのことで、後日王城へ配送させる手続きを取ります。

そうして回収した小さな食器類を、今度は食器職人のもとへ持ち込みました。これらの食器は割れ辛い柔軟な石から削り出したもので、見た目が石の質感そのままだったのです。

私は食器職人たちに、これらの小さな食器を白地にして頂き、金縁の装飾を施すように依頼しました。実用品であると念を押して。

その夜、私が心配していませんでしたとおり、妖精様はちゃんと戻って来られました。

その2日後、なんとかドレスが謁見に間に合いました。

私《わたくし》は、妖精様がいつものように外に出て行こうとされるのを、なんとか遮ります。本日居なくなられますと、私のクビが飛ぶかもしれません、辞めさせられるという意味で。

窓から第2騎士団の皆様が出立するのが見えます。今年は雨が降りましたから〝双子神〟様の影響が大きくなると予想されているそうです。その影響を抑えるため、最も被害が大きいと予想される港町へ行くそうですね。妖精様はそんな出立する騎士団の皆様を眺めておられました。

そうして妖精様が外に出て行かないように注意を払っておりますと、ドールショップのオーナーとお針子たちが到着しました。

急いで用意したドレスを着付け、季節毎のドレスを仕立てるために改めて採寸させます。流石は専門のお針子ですね、私の採寸では身長や腰回り程度しか計測しておりませんでしたが、なんと妖精様の指のサイズまで測っています。

◆

謁見も無事終わり、またもや妖精様がいなくなられた後、私は妖精様の街でのご様子を窺うことができました。なんと街ではお肉を召し上がっていたそうです。やはり食事は必要でしたか……。

その頃、ちょうどよく装飾された食器が納品されましたこともあり、私は妖精様のご夕食をお出しするために奔走しました。まだ届いていなかったカトラリーを回収し、厨房に妖精様の食器類を届け、食事内容を料理長と協議します。

「妖精様のご夕食だぁ？　こんなに小さい皿に合う料理を作るのかぁ？」

料理長は少々口が悪うございますが、腕は確かです。それに貴族様の前では綺麗な言葉使いを使い分けられることもあり、ただ粗暴なだけではないことも知っております。

「はい、本日の夕食からご用意して頂きます」

「いやいや、もう夕刻近いですぜ。何も仕込んでないのに今からですかい？」

「問題などございませんでしょう？　通常の料理の端を少し集めるだけで1品揃うでしょうに」

「まぁ、確かにな。で？　妖精様は何を食うんだい？」

はて、妖精様は何を召し上がるのでしょうか？　街ではお肉を召し上がっていたとのことですから、肉食？

絵本で得ていた妖精様のイメージが崩れそうです。絵本では花の蜜などを食していた筈ですが、まさか妖精様が肉食だなんて。

いえ、クッキーも召し上がっておられたではないですか。つまり雑食、人と同じということでしょう。

「人と同じで良《よ》いです。王家の方と同じ内容は可能ですか？」

「そりゃぁ、食材はほとんど必要ないし可能っちゃ可能だが、盛り付けがなぁ。こんな小さな皿に盛り付けるのかい？　ソースも一垂らししただけで皿からこぼれちまうぜ」

「工夫なさいな。ピンセットでも使えば盛り付けできるでしょう？　ソースは筆などで塗れば良いのです」

「ふん、そこまで言うならお前さんにも手伝ってもらうぜ」

そうして私《わたくし》と料理長は色々と悪戦苦闘した結果、なんとか妖精様のご夕食を準備できたのでした。カップはまだ試行錯誤中のため、お飲み物をお出しできないのが残念です。

「いやぁ、できるもんだな。勉強になったぜ。でもこれどうやって運ぶんだ？　ワゴンなんかで運んじまえば即こぼれそうだぜ」

「そうですね、配膳盆に載せて持ち運ぶしかないでしょう。しかもこの小ささではすぐに冷めてしまいますね。確か保温機能付きの魔道具がございましたでしょう？　それを妖精様専用に割り当てて頂けませんか？」

「しゃーねぇなぁ、今回は俺からの貸し出しってことで使って良いぜ。専用割り当ては俺の一存じゃ無理だから、後で許可取っといてくれよ」

「ありがとうございます」

私は慎重にご夕食を運びます。妖精様はどのような反応を見せてくださるでしょうか？　何を食べて何を食べないか、どのように召し上がられて、どのような不自由があるのかをよく観察して、今後に活かさなければなりません。

満を持して妖精様にご夕食をお出ししました。

妖精様は、食べてくださりませんでした……。

朝食 ✧ 妖精

朝起きたら朝食が用意されていた。

パンとスープ、スクランブルエッグと謎の肉片だ。あとサラダ。スープはハーブを煮込んだ感じなのかな、何かの草とベーコンの切れ端が入っている。

スープを飲もうとしたら、その前に身だしなみを整えられるようだ。

見習いメイドちゃんに濡れ布で顔を拭かれた。力加減がわからないのかサワサワされるだけで、こしょばゆい。もっと力を入れてくれて良いよ、と言うかもっと力を入れてくれ。

体も露出している箇所はパパッと拭かれた。

次に先端に糸を巻いた棒をクチに突っ込まれた。うごごご……、これは？　歯磨き？

これがこの国の歯ブラシなの？　それとも私サイズの歯ブラシを用意できなかったから代替物を用意したと？　何にせよ嫌がらせではないようだね。

見習いメイドちゃんがクチを大きく開ける仕草をする。私も真似てクチを大きく開ける。前歯の裏に棒が入ってきた。いたっ、歯茎に刺さってるって！　おごごご……。

そうしてようやく朝食の前に立たされた。鳥籠が設置されている人間サイズのテーブルの上に、私サイズの机として箱が置かれて、その上に小さな朝食が載っている。机代わりの箱の前には、これまた一回り小さな椅子代わりの箱。私は椅子箱に座って朝食を吟味する。

なんだか高級料理店みたいにスプーンとかフォークが料理の両脇に並べられているんだけど、大丈夫かな？　私はちゃんとした作法とか知らないぞ？　まぁ好きに食べれば良いか。

私は小さなスプーンを手にとってスープをすくった。スープは例のごとくスプーンの上で丸まるけど、その水滴、いやスープ滴？にクチを付けて吸い取った。なるほど、この方法なら熱い液体も飲めるね、若干クチビルが熱いのを我慢すればだけど。

ベーコンも相当小さく切られていて食べやすい。んぐんぐ、相変わらず味は薄いけど塩味は利いてて美味しい。がっつり食べるなら冒険者ギルド、お上品に味わうならお城だね。なんと贅沢な食生活！　ビバ、王家のペット！

よし、次はスクランブルエッグだ。

私はスープを飲むのに使ったスプーンのまま、スクランブルエッグをすくおうとした。プルプルしていてスプーンの入りが悪い。これは、このスクランブルエッグがスライムみたいに粘性ありすぎるのか、それともまたサイズ差による弊害なのか……。なんとなく後者な気がしてきた。

ほとんどの料理は人間が食べるのにちょうど良い構造をしているんだ。スクランブルエッグの気泡がでかすぎるし、このスプーンだって普通のスプーンにしてはぶ厚すぎる。

でも固定観念にとらわれてはいけない。この世界には魔法があるからね。魔法でスクランブルエッグを一口サイズだけ分離して浮かせ、すかさずスプーンですくい取る。

ひょいパク、うまい。

あ、この謎肉、ソーセージの端切れか。

私サイズのソーセージがないからソーセージの一部を切り分けた感じかな、皮がちょっとだけ付いてる。んー、ソーセージは皮ごとかぶりついてパリッが良いんだけど、私サイズだと難しいかー。

これだったらベーコンの方が良いかな……。

いやいや、食べられるだけ有難いと思おう。こんな見知らぬ世界に身1つで放り出されたのに、衣食住の面倒を無料でみてもらえているんだ。よく考えればこんなに有難いことはないよね。

パンの気泡が私の爪よりでかくて食べにくいとか文句を言ってはいけないんだ。サラダの食物繊維が布のように目視できてかじるとクチの中に水があふれても文句はないよ、わんわん！

ふと見上げれば鳥籠メイドさんが何やらメモを取りながら嬉しそうにしている。

ふむ、ペットの観察記録かな？　ペットがエサ食べてるだけでめちゃくちゃ笑顔になる人っているよねー。

ちなみに、見習いメイドちゃんはすでに居なかった。身だしなみセットとかを片付けに行ったのかな。

そうして今日も私は外に出た。

河の水位がまた上がっているね、雨は降ってない筈だけど……。河上で雨が降っているのかな？

この水位どこまで上がるんだろ？　微妙なところを秘密基地にしていた子どもたちがちょっと心配になってきたな。

よし、今日はまず秘密基地の様子を見に行こう。

調査報告 ✦ 冒険者ギルドマスター

「ですから、妖精様で街興しさせてもらうのです！　妖精様グッズに妖精様クッキー、クッキーなどは妖精様の焼き印を入れるだけで良い。素晴らしいと思いませんか？　ギルドマスター殿」

「あー、今そんな話してねぇんだわ」

あの妖精の調査の中間報告を受けている最中、商業ギルドのギルマスが直々に訪問してきた。なんだって冒険者ギルドに来やがったんだ、コイツ。

「いえいえ、妖精様の話でしたでしょう？　これも立派な妖精様のお話です」

「俺たちが話してたのは妖精の生態とか今後の影響とかだ」

「ですから、妖精様の影響のお話ですよ。今現在王都の経済はどん底と言っても良いでしょう。それが妖精様を大々的に推して行けば、観光客や行商、はたまた吟遊詩人を呼び込めます。益は計り知れませんよ、もたもたしている場合ではないのです。いついなくなってもおかしくない存在、ご滞在中にできることを最大限しなければ！」

またいっきに話しはじめたな。これだから根っからの商人は苦手だ。

「ああ、欲を言えばもう少し早く訪れてくだされば、〝双子神〟様の逆流に合わせて観光客を多く呼び込めましたのに」

「それだ、〝双子〟の影響もある。今、観光だの街興しだのやってる余裕はねぇんだよ。だいたいなんで冒険者ギルドに来てるんだ？」

「そう、なぜ冒険者ギルドなんです？　私共も妖精様が商業ギルドを訪れてくださるのを今か今かとお待ちしているというのに、冒険者ギルドにはすでに2回も訪れられているとか。どのように妖精様を呼び込んだので？」

「それを聞きに来ただけかよ。そんなのわかんねーっつうの。勝手に来て勝手に暴れて勝手に帰っていっただけだ。いきなりギルマス部屋に入ってきやがったけどな、話しかけても逃げられただけだ」

ここに来た理由も大したことなさそうだ。そろそろ帰ってくれねぇかなぁ……。

ただ、コイツの言うこともあながち間違っちゃいねぇ。確かに冒険者ギルドとしても美味い話なのだ。

「ふーむ、本当ですか？　2度も訪れているのは冒険者ギルドくらいです。何か理由があると思うのですがねぇ。で、そちらの調査はどこまで進んでいるのです？」

「今教えるワケねぇだろ。もう帰ってくれ。妖精を街興しに利用する件は分かった。冒険者ギルドとしても街に賑わいが出た方が益になるしな。でも今じゃねぇ、〝双子〟の影響が終わるまでこっちは動けねぇよ」

「仕方ありませんね、ではこちらはこちらで動いておきましょう。それでは、お暇させて頂きますね」

「ああ、またな」

ふぅ、やっと話を進められるぜ……。

「で、ザンテン。続きは？」

俺は横でずっと控えていたザンテンに、妖精の調査結果報告の続きを促した。

「ギルマスも大変ですねぇ。あー、どこまで話しましたっけ。そうそう、妖精は観光がてら飛び回ってる。そんな感じでしたよ」

「そんなことあんのか、妖精が人間の街を観光？　聞いたことねぇぞ」

冒険者ギルドは国をまたいだ組織だ。他国の情報もある程度は入ってくる。しかし妖精が観光に来たなんて話は1つもなかった筈だ。

「そりゃそうでしょうよ。そもそも妖精が街を訪れるどころか、下手したら妖精の実在が確認されたことすら初めてじゃないんですかい？」

確かに。絵本や神話には出てくるが、ギルドの報告書に出てきたことは無かったかもしれねぇな。

「妖精の効果ですがね、妖精は近付くだけで影響があるらしいですよ」

「ああ、それは報告があったな。妖精の近くに行けば、怪我が治るんだって？」

「それだけじゃないですよ、どうやら影響を受けるのは人だけじゃないらしいですねぇ」

「ふむ？」

「なんでも妖精の近くでは植物も影響を受けるみたいです。それも近ければ近いほど強くね。西の街道沿いは豊作になってるってウワサで」

「なんだと」

なかなかでかい話になってきやがったじゃねぇか……。宰相が死んで動きがトロくなった王家が率先して動いてるのも納得がいくぜ。

「それで、こいつを見てくださいな」

そう言ってザンテンは、いくつかの小さな棒状のモノを取り出した。これは、ナイフとフォーク？　それに剣と槍か。

「その小ささ、まさか妖精の道具なのか？」

「その通りですよ。どれも件の妖精がギルドの酒場で肉を食ってたときに使ってたヤツでさぁ」

「ああ、そういや肉食ってたんだったな。商業ギルドの奴らも肉ぶら下げとけば、妖精が来てくれるかもしれねぇな。んで、ナイフとフォークは分かるが、剣と槍は？　まさか剣と槍で肉食ってたのか？」

「どうやらそうらしいですねぇ。いや、ナイフとフォークで肉を食ってたところは自分も見てたんですがね、剣と槍はダスターのヤツがそう言ってましたわ」

ダスター、万年酒場で飲んだくれてるアイツか。

「まぁ、問題は剣や槍で肉食ってたってことじゃなくて、コイツの切れ味でさぁ」

「あん？　切れ味？」

「そうそう。これ、めちゃくちゃ良く切れるんですよ。見ててください」

そう言ってザンテンは干し肉を左手に持ち、右手の親指と中指でつまんだ小さな剣を上から下にスッと移動させた。するとどうだ、干し肉が真っ二つだ。特に力を入れた素振りはなかったのに。

「ね？　すごいでしょう。これ、引く動作も何もなく、ただ剣を肉に沿わせただけですよ」

「マジか」

普通、刃物で何かを切るときは引くか押すかして刃をスライドさせる必要がある。それをせずに切れるとなると、相当な業物だ。しかしそこまで切れ味が上がると、刃こぼれや折れやすさに繋がる。

「マジマジ、マジですよぉ。しかもこんな小さいのに……」

そういってザンテンは、今度は小さな剣を無造作に石で叩きつけた。

「ね、この小ささ、この細さ、この切れ味。なのに強度はピカイチ。こいつぁ、危険じゃないですかねぇ」

ザンテンは剣をしみじみ眺めながら続ける。

「あの妖精、肉を食う直前までナイフやフォークなんて持ってなかったんですわ。それが突然どこからか取り出したか、もしくはその場で作ったか……。剣や槍もそうらしいですよ。この剣、人間サイズで作られたりしたら……」

「やべぇな……。おい、このことは黙っとけよ」

　俺はザンテンに念を押しておく。調査任務に特化した奴だ。任務上知り得たことをそうそう言いふらす奴じゃねぇが、このことが広まるとやばい。

「へいへい、わかってますよぉ。で、ですね。さっきも報告しましたけど、その妖精貴族街の向こうから来てるんでさぁ」

「ああ、王城だ。第一王女殿下の客人扱いらしい」

「そうらしいですね。で、そっちの調査もしておきたくてねぇ。貴族街の入場許可証をもらえませんかねぇ？」

「あぁん？　そっちも調べる必要があるってのか？」

　妖精調査の主目的は危険性の把握だ。貴族街や王城には下手に手を出したくねぇんだがなぁ……。

「そうそう、これは衛兵から聞いたんですがね？　なんでも城の一部が聖域化して、聖結晶や霊石、霊薬なんかがばかすか生えて来てるんですって」

「なんだと!?」

　聖結晶や霊石、霊薬と言やぁ、高位の魔物の巣や精霊の聖域なんかじゃねぇと手に入らねぇ激レア中の激レア素材だ。そんなもんが人里内で手に入るとなりゃぁ、時代すら変わっちまうぞ!?

「ね？　やばいでしょう？　やっぱ調査しといた方が良いと思うんですよねぇ」

「ああ、そうだな……。だがしばらく待て。貴族街の入場許可なんざ、調査目的じゃぁそうそう取れねぇんだわ。なんかでっち上げるかしねぇと無理だな」

「やっぱそうですよねぇ……。貴族側から何か依頼でも来れば、堂々と入れるんですけどねぇ」

「ああ、とりあえずこの件も〝双子〟の後だ」

「へいへい」

あー、くそ。利益になるのは違ぇねぇが……、下手するとでかい争いを生んじまうぞこれ。俺は頭を掻きながら、出て行くザンテンを見送った。

怪音 ✣ 妖精

私は空から城門を越えて河に出た。

小さい船も中くらいの船も、動ける船は全部河上を目指してるっぽい。まだ動いてない中小の船も、出港準備を急いでるのか慌ただしく人が行ったり来たりしている。

河下からも船がどんどん来ているのが遠目に見える。ちょっと前に荷詰めされていた船が河下に向かってたから、それが戻ってきたのかな？　それにしても多い気がするけど。大渋滞じゃん。大型連休中の高速道路みたい。

大きな船は丸太を敷いて陸に引っ張り上げられている最中だった。

なんだろう、そろそろ水位が足りて動けるようになるから、その前にメンテでもするのかな。それとも中小の船がいっぱい来てるからスペースを空けてるだけかなぁ。何隻もある大きな船を順番に陸にひっぱり上げてて、ものすごい人手だよ。

大中小の船のあれこれを横目に、私は2日前に行った子どもたちの秘密基地を覗いてみた。

ふむ、今は誰もいないか。とりあえずは安心だね。

秘密基地は排水溝みたいなアーチ構造の中にあって、河底よりは高い位置にある。アーチ構造の中も水が流れる溝が掘ってあるから、子どもたちがいた位置は常時水の上になるっぽい。周りの石の変色具合から見ても、この場所が滅多に水没しないことがわかった。

まぁ、地元の子どもたちだし、さすがに頻繁に水没するようなところを遊び場にしないか。私が心配するようなことじゃなかったのかもね。

ただ、念には念をということで周辺状況も調べてみることにした。

まずこの排水溝がどこに繋がってるかだよ。たぶん前に行った地下水路なんだろうけど……。

たどって行くと、やっぱり前に行った地下水路に繋がっていた。地図で確認したから間違いない。

とりあえず最寄りの出口から街に出ようかな。よしっと。ふーむ、雨が降ると周りの水がここに流れ込む感じになってるんだね。

街を回ってみると、地下水路に繋がっている小さな川が街にいくつかあった。両側が草で覆われて花が咲いている。その上には中世っぽい街並み。

おー、なかなか風情があるね！　水面に光がキフキラ反射していてキレイだ。

水面付近まで下りると、空や橋が水面に映り込んでまるで空の上にいるような気分になる。いや、今の私は実際に空の上まで飛んで行けるんだけど、なんて言うか、また違った気分に浸れるのだ。空の上、風強いし寒いからね……。

魚とかはいないのかな。前まで乾季だったっぽいから、ここも水がなかったのかもしれない。魚は見当たらなかった。

私は街中《まちなか》の水路を辿りながら、もう1度東側の河を目指す。

ふむ、直接地上から河に繋がっている水路はほぼないのか……。

街の様子を窺うと、東側だけなにやら慌ただしく感じるね。やっぱり船をあれこれしているから東側は忙しいのかなぁ。

ん？　んー？　気のせいかな、つけられてる？

そう言えば、街中《まちなか》の悪意みたいな感じが大分減って私も街に受け入れられ始めたのかなーって思ってたんだ。だけど、1つの悪意みたいな感じが後ろから付いて来る……。

やっぱりだ、しばらく進んでも確実に付いて来てるね。振り返ると物陰に隠れているのがわかる。

ふふふ、隠れているつもりかな？　私はモノを透視できるんだよん。

んー、なんかナヨっとした細身の中年男性だ。格好からして冒険者かな？　意外に細マッチョかもしれない。なんか見覚えある気がする。冒険者ギルドにいたっけ？

それにしても悪意強いな。ちょっと利用してやろうみたいな可愛い悪意じゃなくて、がっつり悪意じゃん。あのナヨ冒険者は要注意だね。でも私から何かできるワケでもないし、とりあえず何かしてくるまで放置で良いかな。今日は河上の状況も確認しときたいからね。

東門まで移動中、街の人たちから笑顔で手を振られたりする。

おぉ、今まで遠巻きに観察されてばかりだったけど、ようやく警戒心がなくなってきた？　私も笑顔で手を振り返しておいた。

おうおう、妖精さんだぞぉ、よく見たまえよ！　む、そっちのおばあちゃんは腰痛かい？　治しておいてあげよう。ぽちっとな。お、クッキー？　くれるの？　わーい！

◆

私はクッキーを抱えて食べながら、東門を飛び越えて河上を目指す。

南に高い山が見えるから、この河の始点はあの山なんだろうなぁ。でも今は山に雲もかかってない。河上で雨が降っている様子はないようだ。

このクッキー、ポロポロ粉がこぼれるけど、その分嚙み切りやすくて食べやすいね。もうちょっと甘ければ良いんだけどなー。

さっきのナヨ冒険者は、私が河上に向かったことを確認したあたりで追ってくるのをやめたようだ。さすがに河の上を飛んでる私を追っては来れなかったようだね、ふふふ。

河上に向かう船に乗っている人からも手を振られる。こっちを指さして騒いでるおっさんもいるね。おーおー、頑張ってるねぇ！　妖精さんだぞぉ、どうよ、珍しいでしょう？　船傷んでるねぇ！　直しといてあげるよ、ぽちっとな。私は船をどんどん追い越して行く。

しばらく行くと、船のエレベーターみたいなのがあった！

私アレ知っているよ！　観光雑誌で見たことある！

船のエレベーターは、船が何隻か水門の間に入って閉じ込められたような状態になる。そのままじっと見ていると、どんどん水位が上がっていって、河上側の水位と同じ高さになると河上側の水門が開いて船が河をのぼっていく。おー、どうやって水の高さ調整してんだろ？

その先には街があるっぽい。河幅が人工的に広げられていて、船がいっぱい係留されていた。荷下ろししている船がいっぱい見えるよ。

よし、なんとなく周辺環境も把握した。地図にもオートマッピングされて、ここまでの情報が表示されるようになっている。

お城は南向きで部屋から山も見えるから、山に雲がかかっていないか注意しとけば万が一があっても大丈夫だよね。地図にも河上の水位がリアルタイム表示されるもん。

うん、そろそろ帰るか。クッキーもなくなったし。

帰ったら今日はもう夜だなぁ……。

◆

河上を確認しに行った日から数日が過ぎた。

あの日以降も私は街に繰り出して色々な場所を観光した。子どもたちと遊んだりもした。

1度、鳥籠メイドさんが何やら文字の書かれたカードをいっぱい持ってきて、明らかに勉強させようとしてきたこともあった。でも、全力で逃げたらそれ以降は勉強させようとはして来なかったよ。英語も満足にできない私が今更新しい言語を習得とか無理すぎるからね……。

そんなワケで、今日も今日とて街に繰り出そうとしたら鳥籠メイドさんが慌てだした。

この動作はアレだ、私が外に行って欲しくないときの不思議な踊りだ。しょうがない、付き合ってあげようじゃないか。

たまには飼い主とも戯れておかないと、ぶっちゃけいつ追い出されても文句が言えない境遇だしね、私。わんわん。

さて、前回の不思議な踊りの後はドレスが大量に出てきたけど、今回は何かな？　前回採寸したからまた新しいドレスなのかも？　そんな着る機会ないと思うんだけどなぁ……。

と思っていたら、なにやら見たことないおじさんたちが数人やって来た。続いてドアップ様もやって来たよ。

おじさんたちは部屋になにやら色々と持ち込んで、おじさんたちのリーダーっぽいおじさん、おじリーダーが何やら1つ1つ私にモノを見せてくる。

ほう、妖精マークが焼き印されたクッキー？　食べて良いの？　ひゃっほい、おじリーダーは良い人だね！

すると鳥籠メイドさんが小さなティーカップを出してきた。これは？　紅茶が入っているけど、なにやらカップに切れ込みが入っている。底まで切れ込みが届いているけど、中の紅茶は表面張力でこぼれて来ない……？

むむ？　以前紅茶が飲めなかったから私用にカップを特注したのかな？　たぶんこの切れ込みから紅茶を吸い取って飲めってことなんだと思う。ああそうか、いつもスープを飲むとき、スプーンですくって丸くなったスープを吸い取って飲んでるから、そこからこのティーカップが爆誕したんだ。よくこんなの思いついたなー。

ちょっと飲みにくくはあるけど、スープで飲みなれていたので問題なく飲めた。

クッキーも食べる。お!?　甘いじゃんこのクッキー！　これは良い、これは良いクッキーです！

おじリーダーやるじゃん！

おじリーダーはニコニコ顔だ。自分の出したオヤツにペットが喜べば飼い主も喜ぶ、きっとそんな心境なんだろう。

そうしていると、おじリーダーは次のモノを私に見せてきた。これは、妖精模様が彫られた木箱？　おじリーダーが木箱を開けると音が流れてきた。なるほど、オルゴールか。

ポカンと眺めていた私の反応が期待通りではなかったのか、おじリーダーはなにやら焦って話し出した。ニコニコ顔は変わらないけど、身振り手振りが速くなってきてるので、焦りがにじみ出ているよ。

うーん？　なるほど、わからん。私はとりあえず頷いておいた。うんうん。すると、おじリーダーはとても嬉しそうにする。なるほど、正解リアクションだったっぽい。ドアップ様も嬉しそうに木箱を手に取って見ている。

その後もおじリーダーは色々なモノを見せてきて、私に身振り手振り話しかけてきた。良くわからないけど頷けば嬉しそうにする。うんうん、喜ばれるのはこっちも嬉しいね。頷く程度でこんなに嬉しそうにするんだったら、いくらでも頷いてあげようじゃないか。

私がうなずく度に、おじリーダーだけじゃなく後ろのおじさんズも、そしてドアップ様も嬉しそうにする。

はー、新しい芸を覚えた犬の気持ちってこんな感じなのかな？　伏せと言われて伏せたら、皆嬉しそうにする。そりゃ伏せと言われたら伏せるようになるよね。

一通りおじリーダーと戯れたあと、おじリーダーは満足して帰っていった。だけど、一度解散したものの、午後にはドアップ様がまたやってきた。

そうして今度は以前も来たお針子さんたちがやってきて、新作ドレスの着せ替えが始まる。

あー、今日はそういう日なのかな？　今日はもう出歩けないと思った方が良いね。

ドレスは薄着のモノと厚着のモノがある。夏用と冬用？　前回は袖口がヒラヒラゆったりしていたドレスばかりだったけど、今回は袖口がピッタリしているものもあった。そうかと思えばノースリーブみたいなのもある。共通して言えるのは、背中ががっつり開いていることだ。

羽あるからね、背中は開けないとダメだと思われたんだろう。でもこの羽、仰向けに寝転んだときに羽が床にめり込んでいたから気づいたんだけど、モノすり抜けるんだよね。だから別に服の背中が開いている必要はないんだ。背中が開いていない服でも羽は問題なく伸ばせるんだよね。ま、それを伝える手段はないんだけど。

着せ替えられる度、相変わらずドアップ様とお針子さんたちはキャイキャイと喜んでいた。今日は銀髪ちゃんは来ないのかな？

気づけば外はもう茜色に染まっていた。うわー、これ何時まで続くんだろう？　とか考えていたとき、それは突然聞こえてきたんだ。

最初はサーって音だった。

それがどんどん大きくなっていって、ザーって音になり、ザザザザザ！と聞こえ、次第に地鳴りの様なズゴゴゴゴゴ！といった物凄い音に！

なになになに？　やばくない？

でも鳥籠メイドさんもドアップ様もお針子さんも、驚いた様子はない。

いやいや、でもやっぱり何か気になる。ドレスを着たままだったけど、私は窓の外に出た。鳥籠メイドさんが不思議な踊りで私を遮ろうとしてくるけど、私は気にせずすり抜ける。ごめんね。

外に出た私は、信じられない光景を見た。

交渉 ⁂ 商業ギルドマスター

なんとなんと、数日前にこの王都に妖精様が訪れました。

私共商業ギルドとしましては、それはそれは切に妖精様で街興しをしたい次第なのですよ。何と言っても妖精様です。今まで神話や絵本だけの存在と思われてきた、さらには女子供に大人気の妖精様です。これを題材にして外す方が難しい。当たり間違いなしの商機なのです。

妖精様にあやかった品の販売に関して城に許可を取ろうとしましたところ、なんと妖精様が良いと言うなら良いという回答でした。

私共は急ぎ妖精様グッズを用意させ、妖精様にお見せする準備を進めました。急ぎ用意させた品ばかりのため、凝った品は用意できなかったのが残念です。簡単に作れるクッキーに妖精の焼き印を入れた品、既存の装飾加工前のオルゴールに妖精や草花の装飾を彫り込んだ品、そういった品々です。

城に入れる人数も限りがありますので、人選にも気を配りました。2人は将来有望な私の弟子、1人は画家、最後に彫刻家。街に妖精様の彫刻なども飾りたいものですし、絵画が用意できれば貴族向けに売れますでしょう。副ギルドマスターが何故私が行けないのかとゴネておりましたが、留守を任せておくため残す必要がありました。

先日、冒険者ギルドにもこの話を持ちかけましたが、冒険者ギルドのギルドマスターはあまり芳しくない反応でした。今年は〝双子神〟様の逆流が激しくなると予想されますため、仕方がないところもあるのでしょう。

第2騎士団は、王都よりも大きな被害が出るであろう港町へ災害支援に出立したようです。第1騎士団はもとより東の国境へ出張ったまま。全員が全員出払っている訳ではないのでしょうが、今やこの王都は騎士団が不在の状況です。

もし〝双子神〟様の逆流が王都にまで届けば、その際に仕事が回ってくるのは冒険者ギルドになりますでしょう。妖精様にお会いできる本日が、逆流の始まる当日だということも偶然ではないのかもしれませんね。災害の予想される日に行方が分からないのでは、さぞ心配することになりますでしょう。

そうして私共5人は、妖精様のお部屋に通されました。

ほうほう、ほうほう。こちらが妖精様ですか！

「これはこれは、なんと可愛らしい、なんとお綺麗なのでしょう！」

その容姿だけでなく、淡く光り舞い散る粒子も素晴らしい。これが本物の妖精様ですか。画家などはこの場でさっそくスケッチをしたそうにしておりますが、今回の訪問は商人としてです。この場でスケッチはできませんでしょう。

「ふふふ、そうでしょう。こちらの羽なんて、見る角度で色が変わるのです。まるで虹を見ているようですわ」

なんとこの場には王妃様もおられます。その王妃様がうっとりとしたお顔で妖精様を見ておられました。

「お可愛らしい妖精様に、お美しい王妃様、とてもとても絵になりますね。ぜひ絵に残したい所存でございます」

お世辞ではなく本当にお美しい。王妃様は以前お会いしたときよりも若返られて見えます。

「あら、クチが上手いわね。でも、それも妖精様のおかげなのですよ」

「ほう？　と言いますと？」

「ふふふ、私、妖精様の入られたお風呂に毎日入浴しておりますの。それはもう、効果抜群なのです。体の痛みも取れお肌はピチピチ。素晴らしいですわ」

「なんとなんと、妖精様は古傷を治すと聞き及んでおりましたが、まさか美容にも効果がございますとは！」

「ええ、本当に驚きですね」

その風呂の湯などもよくよく観察してみたいものです。しかし、王妃様がご入浴された後の湯を要求などしようものなら、ご不快に思われるでしょう。ここはグッと我慢です。

「さてさて、ではさっそく妖精様に私共の品を見て頂きましょうか」

まずはクッキーを妖精様にお出しします。簡単な作りのクッキーですが、先日取り寄せた砂糖を多めに使用したクッキーです。多少奮発しても元は取れるでしょう。妖精様がクッキーに飛びついてこちらを窺ってきました。おお、本当に愛らしい。

「ええ、ええ。ご試食してみてくださいませ」

私は応えます。

すると侍女の1人が妖精様にお茶をお出ししました。

……これは、これほど小さなティーセットを妖精様が現れたこの数日で用意したのですか。この小ささでカップを作ろうものなら、普通であればすぐに破損してしまうでしょうに。私共の情報網には、このような品を作っていたという情報はひっかかっておりませんでしたが……。

ふむ、何やらカップもただ小さいだけではなさそうです。1箇所に深い切れ込みが入っておりますね。ほうほぅ、そこからお茶を吸い取って飲むのですか。実に興味深い。

「失礼、このティーセットは王城でご用意されたもので？」

私は侍女に問いかけます。

「左様でございます」

「この切れ込みは？」

「この小ささですと、お茶は丸まってカップから出て来ないのです。ご覧のとおり、カップに切れ込みが入っていてもお茶がこぼれませんでしょう？」

「ほうほう、あえて切れ込みを入れて妖精様が飲みやすくされているのですね」

どうやら王城は、私共が思っていたよりも上手く妖精様とお付き合いされているようですね。これ程の工夫、妖精様ご本人のご協力なしでは実現し得なかったでしょう。妖精様と円滑なコミュニケーションを実現されていると……、なるほどなるほど。

私共も負けてはおられませんね。妖精様と上手く交渉していきませんと。妖精様を見ますと美味しそうにクッキーを頬張っておられます。

「妖精様、どうでしょう？　そのクッキーを王都名物として大々的に売り出したい次第でして、ご許可願えますでしょうか」

……食べることに集中されているようですね。しばし待ちますか。

その間に次の品を用意させましょう。

「おい、次はオルゴールを用意しなさい」

弟子がそそくさと妖精様のお姿を装飾したオルゴールを用意します。

ふむ、本物の妖精様を見てしまった後ではこの装飾も見劣りしてしまいますね。売り出す際には図案を改良する必要がありそうです。この装飾を施した本人である彫刻家も同じ思いなのでしょう。なにやら難しい顔をしておりました。

「妖精様、次にこちらの品なのですが……」

そう言って私はオルゴールを妖精様の前にお出しして蓋を開けます。流れる曲は、この国に古くから伝わる神話を題材とした戯曲の、妖精様が登場される場面の一部です。

妖精様のご反応は……、あまりピンと来られていない様子。

「こちら、妖精様のお姿を彫り込ませて頂きました。この品もクッキーと合わせて大々的に売り出したく思いまして、妖精様にはご許可を頂きたい次第なのです」

妖精様は反応なさらない。

「ええ、ええ、もちろん、妖精様にも利益の一部をお支払い致しますとも！　販売利益の2割でどうでしょうか？」

頷かれた！

これはこれは、妖精様も手厳しい。しっかりと利益という概念をご理解なされている！

私共のこれまでの情報では、妖精様は人間社会の価値観とは異なる価値観をお持ちではないかという予測でしたが、いやはやいやはや、しっかりとした金銭感覚をお持ちのようです。

その後も私共は用意した品々をご覧になって頂き、販売の許可を取って参ります。妖精様は品を見るだけでは頷かれず、私が売買契約の説明をし終えると頷かれます。

驚きました。妖精様は高度な経済知識をお持ちのようです。あいまいな説明にはときおり首をかしげる仕草をされるのです。そのようなときは、こちらが詳しく説明差し上げると即座に頷かれます。御見それ致しました。

そうして、マージンのお支払いは王城に四半期毎といった契約などを取り決め、私共はその場を下がりました。

これはこの王都を立て直す大きなチャンスです。商業ギルドが一丸となって対応していかねば。

私は気合を入れるのでした。

形見回収 ✧ 3兄弟の長男

「なんでだよ！　なんで行っちゃダメなんだ!?」

オレは父さんに食ってかかった。

「はぁ……、何度も説明してるだろう？　もうすぐ〝双子神〟様が重なるんだ。河は増水するから近寄るな。今日はちゃんと家に居ておけよ？」

それじゃダメだ！　本当に今日河が増水なんてするんだったら、それまでになんとか秘密基地に行かないと。

「ウソだ！　去年だって〝双子神〟様は重なってたのに、べつに増水なんかしてなかったじゃん！」

そうだ、去年も一昨年もその前も、秘密基地はべつに水没なんてしてなかった。もし本当に河が増水したとしても、秘密基地は大丈夫なハズだ。

「あのなぁ、今年は去年までと事情が違うんだよ。お前はまだ小さかったから覚えてないかもしれないけど、もともと〝双子神〟様のお力は凄いものなんだ」

父さんは目頭を押さえながらオレに色々と言ってくる。

「お前たちにも船荷の積み下ろしを手伝ってもらってたから、見てただろう？　王都の船が全部避難するところを。それほど危ないんだ。去年や一昨年は船の避難なんてしてなかっただろう？」

たしかにそうだ。王都の動ける船はぜーんぶ昨日までに河上へ向かって行った。さらに、動かせない大きな船は河から引き上げられてたんだ。

本当に？　本当に秘密基地も沈んじゃうのか？

「分かったな？　じゃぁ、父さんは見回りがあるからもう行くぞ」

そう言って、父さんはオレの頭に手を乗せた。

「お前も2人のお兄ちゃんなんだ。いつまでも駄々をこねてないで、弟たちを頼んだぞ。じゃ、行ってくるからな」

　そうして父さんは手を離し、家を出て行った。母さんも寄り合いに行っているから今はいない。行くなら今しかない。

「お、お兄ちゃん……」

「大丈夫だ、セント。お前の宝物は兄ちゃんが絶対取ってきてやるからな」

　オレは半泣きのセントに目線を合わせて安心させてやる。

「だ、だめだよ……。ぼくもう大丈夫だから、宝物なくても大丈夫だから」

「なに言ってんだ！　親の形見なんだろ!?　大丈夫なワケあるか！」

　オレやカインと違って、セントの本当の親はもういない。形見をそんな簡単に諦めきれるハズなんかない。

「まぁまぁ兄さん、ボクも行くよ。船着き場の上から河上を見張って、水が来たら大声で知らせるからさ。それならセントも安心だろ？」

　カインがもしもの場合の安全策を提案してきた。それならもし本当に秘密基地が水没するとしても安全なハズだ。カインはマイペースだけど、オレよりしっかりしてるからな。安心できる。

「う、うん……」

　セントもどうにか納得したようだ。

「よし、じゃぁサクっと取ってこよう！　秘密基地まで行ってくるだけだ。父さんや母さんが帰ってくるまでに戻ってくるさ」

「うん。じゃぁね、セント。ちゃんと家で待っててね」

◆

そうしてオレと弟のカインは秘密基地に向かって走り出す。

でも、オレたちがいつも使っていた船着き場への通用門は閉じられていた。くそ、どうしてなんだ。東門には大人たちが大勢たむろしてる。どうすれば良い？

「うーん。兄さん、これは困ったね。どうしようっか？」

「どっかから城壁を越えられれば良いんだけど……。南門から出てこっちまで回ってくるか？」

南門まで行って外に出てから、街の外をぐるりと回れば秘密基地までたどり着けるハズだ。

「それだと東門の前を通るときに見つかっちゃうよ。それに、たぶん南門も出してもらえないんじゃないかなぁ……。そうだ！」

「ん？　なんか良いの思いついたか？」

「うんうん。前にさ、みんなで1度秘密基地の奥に行ってみたことあったじゃない？」

「ああ……、そうか！」

仲間内の誰だったかが、真っ暗な秘密基地の奥に何があるのかとか言い出して、奥に行ったことがあった。危ないからやめようと止めたけど、ビビッて付いてこれねーんだとか言ってきたから、言い合いになって結局みんなで秘密基地の奥に行ったんだ。

「そうそう、秘密基地の奥って街の中の川に繋がってたよね。そっちからなら行けるんじゃないかなぁ」

「よし、ナイスだ！　行こう」

さすがカインだ。

◆

秘密基地に繋がる小川に行ってみると、そこにも大人たちが３人見張っていた。

くそ、なんでこんなに厳重なんだよ。

「あ、見て見て。大人たちが離れていくよ。どうやらずっと見てるワケじゃなくて、定期的に見回ってるっぽいね」

「そっか、じゃぁタイミングを見てダッシュするぞ！」

オレとカインは大人たちが十分離れるのを待って、誰にも見つからないように小川に下り、小さい歩道を進んでトンネルに入った。

「たしか、このまままっすぐ進めば秘密基地だったよね」

「おう、急ぐぞ！」

このトンネルに入ってから秘密基地までは、けっこう分かれ道が多かったと思う。でも前に秘密基地からここまで来たときは、迷わないようにまっすぐの道だけを進んだんだ。逆にこっちから向こうへ行くのだって、まっすぐ行けば着けるハズだ。

◆

しばらく走ってようやく秘密基地まで到着できた。良かった、やっぱり水没なんてしてないじゃん。

「ねぇ、なんか聞こえない……？　サーっていうような」

カインがキョロキョロしながら言う。

「あ？　気のせいじゃないか？」

「うーん、ボクちょっと外を確認してくるね」

そう言ってカインは秘密基地の外へ出て行った。どうやら秘密基地の外側も、べつに水没なんてしてないみたいだな。

「おう、すぐ戻って来いよ。っと、そんなことより……」

カインの宝物は……、あった。ついでにみんなのも持って行ってやるか。

ん、なんか音がしてるな……。さっきカインが言ってた音か？　だんだん大きくなってきてるような……？

「おーい、カイン！」

「なにー？　河上は大丈夫だよー。あ、待って！　やばい!!」

ん？　どうしたんだ？

いつもマイペースなカインが突然慌てだした。

「大変だ！　兄さん！　早くこっちに来て！　船着き場まで登ってきて!!」

なんだなんだ？　どうしたんだ？

そのときにはもう、ザーって音はザザザザ！という嵐の日のような音に変わっていて……。

「河下から水が逆流してくる！　早く！」

「え？　河下から水が？」

オレが急いで船着き場まで行こうとすると、秘密基地から船着き場までの普段水がない場所は、すでに水で満たされていた。ヤバい、もう船着き場までは行けない。河下を見ると凄い高さの水が迫って来る！

なんだアレ!?　なんで水が下から流れてくるんだ!?

「兄さん早く！」

カインは……、船着き場の上からオレを見ていた。良かった、カインは助かる。

「カイン！　これを頼む！」

すでに音は、ズゴゴゴゴ！という聞いたこともないような大きな音になっていたけど、オレは負けずに叫んでセントの宝物をカインに投げ渡す。

カインがキャッチするのを確認した次の瞬間、オレは横殴りの水に押し流された。

逆流 ✧ 冒険者

おー、来た来た。あの逆流、ひっさしぶりに見るぜ。

俺たち冒険者は今、ほとんどがこの逆流対策に駆り出されている。本来は騎士団の仕事なんだが、今は居ねぇらしいからな。

つっても、対策なんて前日にはほとんど終わってんだ。船を引っ張ったりと昨日まではすっげぇ大変だったが、今日から数日は見回りだけで報酬がもらえるボーナスみたいなもんだ。

「お願い、お願いします！　兄さんを助けて!!」

「なんだぁ？　なんでここにガキがいやがる!?　おーい、兄貴ぃ！」

なんだなんだ、騒がしくしやがって。同じパーティーの弟分たちが騒ぎ出した。

「どうした、勝手に持ち場離れんじゃねぇぞ……って、おいおいおい、ダンカンとこの2番目じゃねぇか」

なんでこんなとこにダンカンの息子が居やがんだ。ダンカンも今日は子どもを連れてきてなかった筈だ。門は封鎖されてるんじゃねぇのか？　ダンカンとこのは3兄弟だったんじゃなかったか？

コイツ1人か？

「お願いします！　兄さんが河に！　助けてください!!」

「はぁ!?　お前、ダンカンとこの一番目が流されたってことか!?」

おいおいおい、やべーじゃねぇか。河を見てるだけで良い楽な仕事だと思ってたっつうのによ！

「どこだ？」

「あそこ！　あそこに‼」

「あそこ……？　あー……？」

「いた！　兄貴、あれだ！」

弟分の１人が指さす。

「かーっ、もう波に呑まれてんじゃねぇか！　もうほとんど見えねぇ」

あれは……、キツイな。

「兄貴ぃ、ありゃもう駄目じゃないですかねぇ……」

「そんなっ！」

「バカてめー、まだ何もやってねぇだろ！　とりあえずマニュアル通りだ、投げるぞ‼」

やる前から諦めやがって。なんのために俺たちは金までもらってんだって話だ！　俺はとりあえず、こういった場合の対処として教えられていたとおり、先端に浮きが付いたロープをガキに向かって投げる！

「駄目だ！　次のわたせ！　あとお前、他の奴ら呼んでこい！」

１本目は失敗だ。弟分の１人を応援要請に向かわせた。

２本目、３本目と俺はどんどんロープを投げる。その間に残った弟分たちが失敗したロープを回収して次投に備えた。

クソ！　ガキに届いちゃいるんだが、もうあのガキ意識ねぇな……。

「おい2番目の、お前ダンカン呼んでこい。今なら第4ドックあたりに居っからよ」

「兄さんは……、兄はどうですか!?」

「あー、いや……」

なんとかしてやりてぇのは山々だが、ガキに意識がねぇのはキツい。かと言ってこっちから泳いでいくのも自殺行為だ。

正直もう……、無理だろうなぁ。

「あっ、兄貴ぃ！　あれ！　あれ！」

すると突然、弟分たちが何やら空を指さして騒ぎだす。なんだぁ？

「おい、ありゃぁ……、あんときの妖精か？」

ちょっと前にギルドに現れた妖精だ。あんときは、ちょっと金儲けに捕まえてやろうと軽い気持ちで手を出したが、えらい目にあった。

「妖精？　妖精！　妖精さん!!　兄さんを！　兄さんを助けて！」

おいおいおい、何言ってやがる。妖精が人助けだって？

「大丈夫、妖精さんは人を浮かせて空を飛ばすことができるんだ！　妖精さんはボクたちの友達なんだ！」

「はぁ？　お前それ……」

お風呂で鍛えた ✦ 妖精

なんだこれ!?　河がすごい勢いで逆流してくる！　おわー、すご。

ドレスの着せ替えをさせられていたとき凄い音がするもんだから外に出てみると、なんと水が凄い勢いで逆流してきていた。

河からは潮の匂いがプンプン漂ってきている。もしかしてこの逆流って海水？　河下を見ても海なんて全然見えないのに、そんな遠くの海からここまで海水が逆流してきたのか……。

空を見ると月が2つともほぼ満月になっている。月1つの地球でも月の満ち欠けの影響は結構大きかったらしいから、月2つのこの世界だとそりゃもう、凄い影響が出てしまうんだろう。

だけどまぁ、心配はなさそうだ。河に出ている船は1隻もいないし、河岸の安全な位置には船乗りっぽい人たちや冒険者たちが警戒のためか集まっている。

なるほど、ちょっと前から船を河から引き上げたり河上へ移動させてたりしてたのはこの逆流の対策だったのかぁ。

そう思って観光気分で河の逆流を眺めていたけど、いやいや、そんな悠長にしてる場合じゃないって。ガキンチョどもの秘密基地は河のすぐ傍だった。あんなすごい逆流が街まで来ちゃったら、あの秘密基地なんてどう考えても水没だよ。完全水没まちがいなし。

いやいやでもでも、何日もかけて船を移動させて準備してたってことは、今日この逆流が来ることはみんな知ってたハズだよ。いくらなんでもそんな日に子どもを河に近づけるかな？　そんなワケないよね。でも一応、念のため、ちょっと様子を見に行ってみようかな。心配だし。

◆

秘密基地に近づくと河岸で大勢の人が騒いでいることに気づいた。何人かが河に向かって指さしてる。その方向を確認すると……。

おわーっ！　流されてるぅー！　ガキンチョ流されてるよ!!　やっぱ！

急いで引き上げないと！　河岸の大人たちがロープを投げてるけどあれじゃ駄目っぽい。

私なら子ども1人くらい余裕で浮かせることができるけど、ある程度近づかないと無理だ。急いで流されていくガキンチョを追いかける。流れは速いけど大丈夫、こっちの飛ぶ速さの方が速い。上から俯瞰できるから波で見失うこともない。追いつける！

いけると思った瞬間、流れてきた大木がガキンチョにヒットした。やっぱ、あれは致命傷かも!?

その直後、上からよく見えていたガキンチョが見えなくなってしまった。沈んだっぽい……。

いや、諦めるな。致命傷でも死んでなきゃ全快まで治せるんだ。生きてれば地図に青点で表示されるハズ……。あった、まだ生きてる！

方向を確認した後、私は最高速で水中に突っ込んだ。水はめちゃくちゃ濁っていて普通だと何も見えないんだろう。だけどそんな水も透視できれば問題ない。錐揉み状態で流されていくガキンチョを見つけた。手が届かなくても良いんだ。一定範囲まで近づければ水面どころか空まで強制浮上できるもんね！

うおおおおおおお！　お風呂で鍛えた私の泳ぎをなめるなぁっ!!

妖精 ✧ 冒険者

「おいおい、マジか」

流されてるガキは波に揉まれて、あっちに行ったりこっちに行ったり見えなくなったりと複雑に動き回っているが、妖精は確実にそれを追っていた。

「おおおお、行け！　そこだ！」

「がんばれ！　がんばれ！」

気付けば俺達のまわりにはギャラリーが集まって来ている。

だが……、ああ、沈んだ。ガキが見えなくなっちまった！

「ああ……、兄さん……」

ガキが木にぶつかって沈み、もう駄目かと思った瞬間、河の上を飛んでガキを追いかけていた妖精が凄い水しぶきを上げて河に突っ込んだ！

「うおおおお!?　兄貴ッ！　すげぇですぜアレ！　うおおおお！」

「おいおいおい、マジですっげぇじゃねぇか！」

そのまま水しぶきが移動していく。あの妖精が猛烈な勢いで泳いでいるのだろう。妖精って泳げたんだな。

「どうだ、どうなったんだ……？」

みんな固唾を呑んで見守る。

「おいっ、私の息子が河に流されたって!?　本当なのか!?　……って、カイン！」

ようやくダンカンが来たか……。

でもなぁ、この状況はなぁ。ガキは沈んだままだ。頼むぜ妖精さんよぉ。


「うおおおお!?」

「わあああああっ！」

歓声が上がる。

見れば妖精がガキを掴んで河から真上に飛び上がって来ていた。

「やった、やりやがった！　あの妖精すげぇっ!!」

「はっはぁ！　俺ぁ信じてたぜぇ！」

「妖精様ばんざい！　ばんざーい！」

喜んでるところ悪ぃが、まだ助かったわけじゃねぇ……。

あのガキ、流されてからかなりの時間が経ってた。その上、最後には木にぶち当たってたからな。生きてるかは分かんねぇ。たとえ生きてたとしても、今後普通に生きてくことは難しいだろう。

あー、手足は付いてるな。変な方向に曲がったりもしてねぇ……。って、おいおいおい、マジかよ！　あのガキこっちに手を振りやがった！

マジか。こんなハッピーエンド、そんな都合よく起こるもんなんだな。

こりゃぁもう、妖精様に足を向けて寝られねぇぜ！

ガキンチョ ⁘ 妖精

あっぶなー！　もうちょっと遅かったらこの子死んでたよ！

私は子どもの傷を回復させてから、ずぶ濡れの子どもと自分を乾かす。回復魔法のある世界で良かった。なかったら確実に死んでたね。

いやー、確認に来て良かったよ。子どもが流されてるのを見たときは心臓が止まるかと思ったって。

私はもう1度地図を出して、他に流されている人がいないか確認した。

うん、大丈夫そうだ。

それにしても、お風呂で泳ぐ練習をしていて良かった、マジで。練習していなかったら追いつけないどころか、こんな荒波の中泳げなかっただろうし、そもそも自分が泳げるとか潜れるとかの発想が出てこなかったかもしれない。お風呂様々だね！

あ、この子、3兄弟の兄くんか。

どうせ秘密基地にいて流されたんだろう。ガキンチョまじ恐ろしいな。地元の子だから大丈夫だろうとか思ってたけど、全然そんなことなかったわ。これは説教コースだよ？

岸の大人たちに手を振っていたガキンチョ兄くんが、こっちを向いて笑いかけてくる。

うーん……、殴りたい、その笑顔。まぁ今はしゃーなしか、私も笑い返してやった。

おーおー、嬉しいねぇ。

そうして私はガキンチョを岸まで運んでやる。着いた途端に走り出した。元気だなガキンチョ、さっきまで流されてたってのに。

そうして弟くんと抱き合った。弟くん泣いてんじゃん、心配かけんじゃないよホント。

んで、次に父親かな？　に駆け寄って抱き合って、そしてガキンチョは父親カッコ仮に殴られた。

ひゅー！　だよねだよね、もっと叱ってやってくださいな！

ガキンチョも周りをよく見ろ。こんなに大人が集まってきてんだよ。めっちゃ迷惑かけたんだって。

それを見た弟くんがなにやら止めに入って、何かを父親カッコ仮に差し出した。するとカッコ仮も何やら神妙な顔になる。周りの何人かも何やら押し黙った。

なんだアレ？

あ、あー、アレは3兄弟の一番下の弟くんが私に見せてきたヤツだ。なんかめっちゃ大切そうにしてたし、大事なモノだったんだろう。

そっか……、兄くんは弟くんの大切なモノを秘密基地まで回収に来て流されたってことかな？

私はちょっと涙がちょちょぎれた。怒るに怒れない系の話じゃん……。

まったくもう。そんな大事なモノ、なんでこんなとこに置いてんだか……。

そうしていると、今度は私が取り囲まれた。

なにやら笑顔で捲し立てられる。まぁ、珍しい妖精さんでもあるし、なんてったって私は今しがたガキンチョを助けたばかりだ。つまりヒーロー！　ひゅー！　崇めても良いのよ!?

その後私はみんなに連れられて、酒場みたいなところで飲めや歌えやの大騒ぎに参加した。

大人たちは交替で参加してるっぽい。まだ仕事が残ってるのかもしれないね、悪いことをしたかもしれない。でも楽しい！

気づけばもう、辺りは真っ暗だった。

やっべ、ドレス着たままだったわ。

王への報告 ✢ 国王

「で、その子供を妖精が助けたと？」

「左様でございます」

「今は酒場で騒いでおると？」

「左様でございます、陛下」

　ふーむ、逆流の日に妖精が街に行けば要らぬ混乱をもたらすかと思い、城に留めるよう指示しておったが、逆効果だったかもしれんの。

「そうか。逆流はまだ数日続くだろうが、もう妖精を城に留める必要もない。好きにさせよ」

「承知致しました」

　前宰相はその辺、実に上手くやってくれておったが、まだ若いこやつにそこまで求めるのは酷というものか。父親の才能は継いでおるようだから、経験さえ積めば名宰相と言われた父のようになろう。時代が違えばこやつも良き文官として父から学べたろうになぁ。

「次に、商業ギルドの件でございますが……」

「ああ、あやつな。どうやら上手くやったようじゃの。妻から聞いておるぞ、これでもかという程な……」

　商業ギルドのマスターが、妖精グッズやらを売り出したいと許可を求めてきている。そんな書類が数日前に来ておった。

儂は自他共に認める事なかれ主義だ。その欠点を上手く埋めてくれておったのが前宰相だったのだが、奴はもうおらん……。妖精などという前代未聞の問題に対して、儂主体で判断していかねばならんのだ。前回は「何もしない」という決定を下したわけだが……。今回の相手にもその手を使ってやった。

許可が欲しければ直接本人から得よ、儂は何もしない、と。

「はい、妖精様をモチーフにした品々の売り出し許可を直接妖精様から得たようです。こちらが契約の詳細書類でございます」

「ふむ、目を通しておこう。しかし、まさか許可を得てくるとは思わなかったの」

今代の商業ギルドマスターはあまりパッとしない印象であったが……。

「あやつめ、どうやって妖精と意思疎通を成功させたのだ？　聞けばあやつ以外、まともなやりとりなどできておらんのだろう？」

「一応、街で子供らが妖精様と交友していると報告が上がっております」

「儂も聞いておるがな、それは意思疎通のレベルなのか？　ただ遊んでおっただけだろう。しかし商業ギルドのマスターは契約の締結までこなしおった」

正直、驚愕だ。もう妖精関連は全部あやつに任せておれば良《よ》いのではないか、そんな考えが儂の頭を塗りつぶしてくる。

「そうですね。その場にいた侍女などにも聞き取りをしましたが、別段これといったことはしていなかったようです」

「うむ、まぁその話はもう良《よ》いか。ところで、教会の混乱はどうなったのだ？」

先日、件の妖精が教会を訪れた際に、意見の相違から枢機卿のうち1人が乱心したと報告を受けておった。その1人は妖精反対派にまわったとかいう話であったが……。

「は、ゲイル猊下が抑えておられるとのことです」

「そうか」

ゲイルは我が国3人の枢機卿のうち、最もまともなヤツだ。あやつが抑えておるならまぁ、問題あるまい。

「妖精は信仰の対象だから引き渡せ、などと言われんだけ有難いな。もう1人の若い枢機卿は妖精を教会に迎えるべきと言っておるのだろう？　意見が一致しないように適当にかき回しておけ」

「はい、そのように指示しておきましょう。それから……」

む、まだあるのか。他に何かあったかの？

「ティレス王女殿下に関してですが、魔法の才に目覚められたとのこと」

「ぬ、なんだと……？」

そんな報告は受けておらんぞ。ティレスは魔法を使えなかった筈だ。10歳まで全く魔法を使えなかった者が、特訓などなしに急に使えるようになるなど聞いたこともない。

「どういうことだ？」

儂は訝しむ。

「まだまだ実用レベルではないとのことですが、魔術師団長の話では妖精様の影響ではないかと。なんでもティレス王女殿下は隣国より帰国中、馬車の中で3日ほど妖精様の光を浴び続けていたそうでして、それが要因ではないかと」

「うーむ。もしそれが本当なら、他の者にも影響が出始めるやもしれんな」

もし妖精の光を浴びれば誰でも魔法が使えるとなれば、悪意ある人間が不用意に近付けぬよう対策が必要になる。どれほどの頻度で浴びればどれほどの才が開花するのかを把握しておかねばならん。

「妖精付きの侍女がおっただろう、あやつはどうなのだ？」

「把握しておりません。調査致しましょう」

「ああ。ティレスの才は実用レベルではないのだな？」

儂は確認する。これは重要なことだ。

「そう聞き及んでおります」

「そうか。実用レベルになる可能性は？」

「魔術師団長の話では、このままでは無理とのこと。努力を続ければ、暖炉に火を点けるなどの生活魔法に分類される簡単な魔法程度は実用可能になるのではと。戦闘使用レベルには至らないでしょう」

「ふむ、であれば良《よ》い。ティレスのことは、本人が望むなら魔術師団長に師事させよ」

ティレスもまだ視野が狭い。教育内容は問題なく習得しておるようだが、精神面を鍛えてやる良い機会かもしれぬな……。戦時中だの不作だので、知識ばかりを詰め込みすぎたのやもしれん。

「承知致しました。では私めは、これにて」

「ああ」

はぁ、ようやく終わったわい。胃が痛い。

今日はもう書類仕事がいくらか残っておるだけだ。さっさと処理して寝てしまおう。

そうして儂が書類に向かっていたところ、なんと件の妖精がやってきた。今日はまだ、胃の痛みが続くようだ……。

「どうした、何か用むぐっ!?」

突然妖精は儂のクチの中に何かを突っ込んできた、なにをしおる！

……む？　これは、なんと美味。

しかも体から力が漲るようだ!!　胃も痛くない。ははは、うい奴め。なるほど、妻が妖精に傾倒する理由が少し分かったやもしれぬな。

書類仕事を終わらせた儂は、久しぶりに快眠を得るのであった。

よし無罪 ⁺ 妖精

あー、夜だなー。星空がキレー。

どうしてどんちゃん騒ぎの帰りの夜って、ナイーブになるんだろうね？

空を見ると満月に近い月が2つ、でもまだ満月じゃない。きっと今日見た河の逆流は、満月になった方が激しくなるハズだ。たぶん逆流はまだ数日続くんだと思う。

私は河を見る。今は河の逆流は収まっていた。真っ暗だけど、星空を反射して水面がたぷたぷしているのがわかる。その水位はめちゃくちゃ高い。逆流が収まったと言うか、水が上りきって満潮状態なのか。濁った水でも星空を反射するんだなぁ……。

もう1度空を見る。天の川だ。天の川銀河じゃないんだろうから、天の川と呼んで良いのかはわからないけど。1つわかるのは、この星も銀河の中にあるってことだね。キレイだなー、満天の星。

あー、帰ったら怒られるかなー？

ガキンチョには叱られろとか思っちゃったけど、なんというブーメラン。今度は私が叱られる立場かも。

いや、まだそうと決まったワケじゃないよね。

出て行ってほしくなさそうだったけど、出て行っちゃダメだったのかはまだわからない。仮に出て行っちゃダメだったとしても、今日の私は子どもを1人助けたのだ。チャラにならないかな。

ドレスだってちゃんと修復してあるし、うん……、むしろこれは表彰モノでは？　褒められるのでは？

いや、まだわからない。あのとき鳥籠メイドさんは結構必死そうだった。必死な不思議な踊り、迫真の踊りだった。思い返すと目とかクワッてなってたような気もしてくる。クチも開いてたかもしれない、仁王像の阿のごとく。般若までは行ってなかったと思う、たぶん。

あれ、ヤバくない？

出ていってほしくなかったってことは、あの後も私に予定を入れられていたんだと思う。そして私はその予定をブッチしたんだ。

ぐぬぬ、これは何かご機嫌取りをしといた方が良いよね。何か……、バカの一つ覚えみたいだけど、果物採って来ようかな。人間サイズのがなってると良いんだけど……。

でも待てよ、この前植えた果樹の場所はお城の中だ。人通りが少ない位置を選んだとは言っても、渡り廊下みたいなところからバッチリ見えるんだよね。見つかってないハズがないって。

お城の中にあるモノと言えば、そりゃもちろん王様のモノだ。

あの果物はもう普通に王家の食卓に並んでいて、今更わざわざ持って行ったところで「あ、それいつも食べてるヤツ」とか言われたらどうしよう。まぁ、言われても何言ってるかわからないんだけど。

うーん、うーん。いやいや、やっぱり無いよりはあった方が良い。誠意の問題だよ。「いつも食べてるヤツだけど、わざわざ持って来たのなら許してしんぜよう」という展開になるかもしれないし。

私は果樹のところまで飛んだ。

◆

えー、1つしか果物なってないや……。

小さいのは相変わらずいっぱいなってるんだけど、人間サイズのが1つしかない。組織に迷惑をかけて手土産が1つしかない場合……、それを持っていくのは直属の上司か、はたまた組織のトップか……。

この場合はトップだ。つまり王様だ、フラッシュ様だ。

フラッシュ様に果物を渡せば、「ほっほっほ。皆の者、この者無罪！　閉廷!!」となる可能性が高い。王様が無罪と言えば異議ありとは言われないって。鶴の一声だ。おでこのごとく、ツルツルだ。

しかも、きっとこの果物はすごく美味しい。あの冒険者も夢中で食べてたもんね。逆に褒められるかもしれない。ようするに「ほっほっほ。素晴らしい献上品であった、褒美を取らそう！」といった展開も夢じゃないかも。テンション上がってきた！

◆

私は意気揚々とロイヤルなフラッシュ様を捜す……、いた！

なんか読んでる。もう夜だし、仕事も終わって趣味の読書とかに違いない。

仕事中にお邪魔するのはアレだけど、休憩中なら行っても問題ないでしょ。私は壁を抜けてフラッシュ様の部屋にお邪魔する。

フラッシュ様がこちらに気づいて何か言いかけたけど、先手必勝！　怒られる前にクチに果物を突っ込んだ！

どうです？　美味しいでしょう？　美味しいと言え！　私は無罪を主張する！

……どうだ？　お！　美味しそうに食べ始めた！　よし、無罪！　これで安心だ！

◆

そうして私は自分の部屋に戻った。

鳥籠メイドさんが鳥籠の前で、椅子に座って寝ている……。

もしかしてずっと私を待ってたのかな？　うわー、すごい罪悪感だよ！　なんかないかな、私の罪悪感を取っ払ってくれる素敵アイテムは!?　果物はもうないんだけど……。

あ！　そう言えば果樹の周りに光ってる石がいくつか生えてたよね！　あの石使えるんじゃないかな？　よしよし、よしよし。

私はもう1度果樹まで飛んで、光っている石を回収、回収……、かったいな！この石!!　くそ、くらえ！　よしよし。

それで、この石をこうして……、こうだ！

ふふ、これできっと「まぁステキ！　さすが妖精さん！」となるに違いない。あー、良かった。

私はまた部屋に戻り、作ったばかりのネックレスを鳥籠メイドさんに掛けてあげた。ついでに毛布も掛けてあげる。

んじゃ、もう寝よっと。

全身透過して着せられていたドレスをストンとテーブルに落として、鳥籠の前に畳まれて置いてあった自分の服を着る。

ドレスはどうしとこうか。こんなふわふわマックスの服、畳み方わからないよ。そのまま置いておいたら絶対シワになるよね？　ちっちゃいトルソーでも作って掛けとくか。よし、就寝！

いやー、今日は色々あったけど、終わってみれば万事オッケーだったね！

終わりよければ全てヨシ！　なんてね。

影響 ✦ 王女ティレス

朝は河の水が引いていく。そしてまた、夕に水が上ってくる。これが5日は続くという……。もう4年は起こっていなかったそうだが、時期はずれるものの、本来毎年発生するそうだ。結構うるさくて集中力が途切れてしまう。

「姫様、集中が途切れておりますぞ」

魔術師団長が指摘してくる。

「ふぅ……。難しいですね、魔法というものは」

「ほっほ、それはそうですじゃよ。王城には生活魔法なら使える者が多く勤めておりますが、それは王城が人材を掻き集めておりますからの。一般には魔法を使えるだけでかなり凄いのです」

「しかし、どうせならもっと強力な魔法を習得したいものです。魔術師団長殿はどのように魔術をご使用なさっているのです?」

一般に、魔法と言えば広く魔力で行使されるものを指し、魔術は魔法の中でも戦闘などに使用できる強力なものを指すことが多い。まぁ、厳密に定義されている訳ではないそうなので、人や場面によってまちまちらしいのだが。

「ワシの場合は気合ですじゃ。どれ、見ていてくだされ」

そうして魔術師団長が、演習場の奥に設置されている的を見やり、魔力を高める。なるほど、今ならわかる。魔法発動前には既に魔力の動きがあるのか。

「はぁ……、ふんぬぅぁあっ!!」

パスン!!

魔術師団長が絶叫とともに杖を振り下ろした一瞬後、的を射貫いた炎の弾が意外に軽い音を鳴らす。しかし見た目は悲惨だ。あんなものを人が食らえばただでは済まないだろう。

「王女殿下、あまり真に受けない方が宜しいかと……。師団長殿の魔術の使い方は少し特殊です」

魔術師団の1人が話しかけてくる。

私も理解していますよ、今のが普通ではないことは。むしろ魔術師団長が特殊で、魔術行使の度に絶叫するということは有名な話だ。

「地道に魔力操作の練習、そして詠唱の知識習得。地味ですが魔法および魔術に近道はありませんよ」

それは本当なのだろう。魔術師団長ですら昔はきちんと詠唱して魔術を使っていたそうなのだから。

「ふぅ、道は長そうですね」

「ふむ、姫様は攻撃魔法に興味がおありなのですかな？　ですが戦闘に使用できる魔術と呼べる域まで習得できる者など、極々一部ですじゃ。そう簡単には習得はできませせぬぞ」

言外に、魔術師団長が私には無理だと言ってくる。

魔法の才に目覚めたと自覚した際には高揚したものだが……、いや、高望みだ。全く使えなかったものが使えるようになったのだ。僥倖だと思わねば。

「まぁ、過去に突然才能を開花させたという話も皆無ではないのですがな。例えば、絶体絶命の危機に陥った際に、無我夢中で魔術を放てたという話はよく聞きますじゃ」

絶体絶命の危機に……、気合で放つ……。また野盗に襲われるようなことでもあれば開花するのだろうか。そんなことは無い方が良いに決まっているが。

そんなことを考えていると、妖精様付きの侍女がやってくる。

「あら、シルエラ。あなたもこちらに来たのですか」

「はい。王女殿下に魔法の才が芽生えたそうで、おめでとうございます」

「ええ、ありがとう。でも実用には向いていないようですよ」

「わざわざご足労願いすみませぬな、シルエラ殿。今日お呼びしたのは、シルエラ殿にも魔法の才が芽生えていないか確認がしたかったのじゃよ」

なるほど、シルエラも妖精様のお傍に仕え、この数日間では最も長く妖精様と共にいる。私の魔法が妖精様の影響であるとすれば、次に影響が出るのはシルエラ……。いえ、私の専属侍女であるニーシェも馬車旅では私と同じだけ妖精様の光を浴びていたではないか。

「ニーシェ、あなたも参加なさい」

「おお、そう言えばそうですじゃの。ニーシェ殿も確認してみましょうぞ。では、2人にはあの的に魔法を撃って頂きたい」

魔術師団長が的を杖で指し示すが、シルエラは難色を示す。

「あの、私《わたくし》は魔法の発動方法を知らないのですが……」

「ああ、そうでしたか。ではニーシェ殿は？」

魔術師団長が私の専属侍女に話を振る。

「私《わたくし》めは一応、火の生活魔法を使えますから……。詠唱も存じております」

「よし、ではさっそく試射を。そうじゃな、杖はこれをお使いくだされ」

練習用の魔術杖を受け取ったニーシェが魔力を高め……、そして杖を構えて……、詠唱を始める。

「我ニーシェが求める……、炎よ、我が敵を穿て！」

パスンッ
軽い乾いた音が鳴った。的には届いていない。近距離戦で辛うじて牽制に使える程度か。いや、詠唱がある分近距離戦では実用できないかもしれない。

しかし、それでも羨ましい。

「ほうほう、発動はしましたな。もともとご使用できたので？」

「いえ、以前は発動させることができませんでした」

「なるほどなるほど、やはり妖精様の影響と考えるべきか……」

魔術師団長が押し黙る。その間に魔術師団の1人がシルエラに魔力操作などを簡単に説明していた。

私も最初は攻撃魔法が使用できるか確認されたのだが、結果は使用できず、生活魔法の練習に重きを置いているが……。

そうして、ニーシェから杖を受け取ったシルエラが的に狙いをつけ、詠唱――。

ズドンッ!!

「なっ!?　なんじゃとっ!?」

「おおっ？」

的どころか、演習場の壁に穴が開いた！

この場にいるものは、当の本人も含め皆唖然とする。私などは絶句だ、言葉も出ない。

「私《わたくし》、やらかしてしまったようでございますね……」

驚愕から復帰したシルエラが杖を魔術師団長に返しながら言う。

「いやはやこれは……、シルエラ殿には力加減を覚えて頂く必要がありそうですな」

「あの……、おそらく、これの影響ではないかと思われます」

シルエラは自身が着けていたネックレスを示す。

「先ほど魔法を放ったとき、このネックレスが熱くなったのです」

「ふむ、少し拝借して良いですかな？」

バチッ
「――っと！　ふむ、これは……」

魔術師長が目を細める。

「シルエラ殿以外には触れぬようになっておるようですな……。おおっ、これは霊石？」

「おおっ、西棟の傍に霊石が生えてきたとは聞き及んでおりましたが、これが！」

魔術師団員達が騒ぎ出す。と言っても、この場に居るのは魔術師団長を含めて3人だ。残りは軒並み東の国境に行っている。

「このネックレスはどうしました？」

「おそらく妖精様に頂いたモノです。寝ている間に着けられておりました」

「うーむ……、報告内容が増えてしまったのぅ」

魔術師団長が頭を抱える。そばに居る魔術師団員は、ネックレスを興味深く観察していた。

あるじゃない、近道。

正直、欲しい。私は空を見上げた。

妬みは不幸を呼ぶ。そうでなくとも私は最近、皆から視野が狭いと注意を受けているのだ。私は私で、自分の力で成し遂げるべきなのだろう。

魔法などつい先日まで使えもしなかったではないか。私の使命は国を立て直すことだ。その手段は魔法だけではない。私には私にしかできないことがある筈だ。

はぁ……。絶体絶命の危機に気合でズドン、か。

太陽が眩しい。もう夏だ。

計画 ✢ 帝国大臣

「妖精実在せり、か……」

伝書鳥が運んできた報告の紙切れをワシは確認していく。

全く、通常の大臣業務もあるというのに、忙しいものだ。

我々帝国の第二皇子派は、現在かなり強引に事を進めておる。第二皇子の帝位継承を確実にするためにも、第一皇子の謹慎が解ける前にできるだけ進めておきたい。小うるさいトップなど邪魔にしかならん。帝位など馬鹿な第二皇子で十分なのだ。

しかし妖精、実在しおるのか。

あやつが強力な魔物が誕生すると言うから王女の帰国タイミングを調整させたと言うのに、結局それらしい魔物は発生しておらんかった。タイミングが遅れておるだけかと思い、第一皇子派子飼いの野盗に時間かせぎで襲わせたのだが無駄骨だったな。もしかしおると、魔物の代わりに件の妖精が生まれおったのか……？

ふむ、治癒魔法と強化魔法、あとは子供1人なら浮かせて運べる……。小さいが切れ味が良い剣や槍を作れるぅ？　指先サイズ？　それならどうでも良《よ》いわ。泳げる、これもどうでも良《よ》い。

懸念は治癒魔法と強化魔法と物体浮遊のみか。

ぬ、王城に聖結晶、霊石、霊薬発生、だと？

スタンピードを起こすにはアレがいるが、安定動作させるには霊石があればなお良い。霊石を使えばスタンピードの規模を大幅に拡大できる。なんとか手に入れられぬものか……。

あとは……、妖精付き侍女が1人、強力な魔法に目覚めた？

魔法の威力は高いものの現在は力を抑える方向で訓練中、能力を高める方向では動きなし。しかし石壁を軽く射貫く威力、固定砲台で参戦されると危険、ね。こやつは排除だな、面倒でしかない。

ただの侍女というのがいけない。戦役の役職付きなら、こちらの策で参戦場所を調整してやることができる。しかし相手がただの侍女では、こちらが如何に働きかけても戦力として出てくるのか王城に留まられるのか未知数だ。動きの読めない駒など早めに取り除いておくに限るが……、安易に早期排除してしまえば第2第3の同じような奴が生まれかねん……。排除するにもタイミングが重要か。

ポーションの買い占めも順調なり、王国は未だ気付かず。ただし、船が動きだしたため入荷も多少あり。可能な限り奪取または事故などに見せかけ破損させり。

ふむ、重畳。王国の冒険者ギルドも馬鹿なものだ。ポーション買い占め疑惑の調査に当たらせておる冒険者自身が、ポーション買い占めに加担しておるのだからな。

逆流は王都まで届き地下水路満ちる、か。

くくく……。雨が降ったのは想定外だったが、おかげで逆流が王都にまで届いたか。これで地下水路に放っていた毒が街中に広がっただろう。それどころか河を伝って下流の街々にも広がるな。

これで夏過ぎには奴らの戦力も確実に落ちるだろう。

第一皇子派にはガルム期にしかけると伝えておったが……、これは、その前にスタンピードに乗じて王城を直接攻める手も行けそうだ。

「ふん、１つ出し抜いてやるか。王国も、第一皇子派もな」

妖精というイレギュラーはあるものの、全ては順調だ。

ワシはほくそ笑んだ。

特別書き下ろしエピソード

閑章

妖精を求めて

駆け出し冒険者 ✦ イリュー

森の中をドタドタと足音をたてながら迫ってきた小さな人型の魔物に石斧を振り下ろす。だけど、相手の体が小さくて当てづらい。避けられてしまった。大人の猿と人間の子供を交ぜたような毛むくじゃらの魔物がドタドタと走り回る。

「ルミス！　やっぱりゴブリンだ！」

そう叫んで相方のルミスに魔物の種類を知らせた。

俺たち2人は冒険者になってもう1年くらい経ったけども、魔物討伐で稼ぐには力不足。だからいつも薬草採取で食いつないでいた。この国は今、回復薬不足だから薬草採取だけでもなんとか食っていけるんだ。

そうは言っても森に来れば魔物と会うこともある。最近は特にそうだ。森の浅い場所の薬草は採り尽くしてしまったからな。森の深くまでもぐる必要がある。

ルミスは女だから男の俺が守ってやらないと。間違ってもこのゴブリンがルミスの方に行かないように、俺はゴブリンの前に立ちはだかった。

「イリュー、まだいる！　1匹じゃないよ！」

ルミスが石を投げて牽制しながらそう叫んだ。

目の前のゴブリンを視界におさめたまま周りの様子を窺うと、確かにガサゴソという音が右後ろから聞こえてくる。

参ったな。1匹なら俺たちだけでも割と余裕なんだけど、ゴブリンは数が増えると一気に厄介な相手になる。他の魔物よりも賢いのか、連携されるだけじゃなくてだまし討ちや武器の使い分けとかもやってくるんだ。俺は見たことないけど魔法を撃ってくるゴブリンもいるって話だし……。

「2匹だけか!?」

「……3匹、3匹だよ！　こっちの2匹はどっちも棍棒！」

「チッ、3匹か」

弓矢とか遠距離武器を持ったヤツがいないのは幸いだった。けど、できるだけ早く倒さないと仲間を呼ばれるかもしれない。

でも俺の攻撃手段は拾った木の棒に石を巻き付けた自作の斧を振り回すだけ。ルミスに至っては拾った石を投げるか、採取と解体用のナイフを牽制程度に使えるだけだ。素早く倒すには攻撃力が心もとない。

「まずこの1匹を殺《ヤ》る！　他の2匹が近づいたり仲間を呼ばないように牽制しておいてくれ！」

1匹ずつやれば問題ない。そのハズなんだけど、最近のルミスは調子が悪いからな。心配だ。

セオリー通り、まずは落ち着いて目の前でドタドタと動き回るゴブリンの進行方向を確認して、俺の利き手じゃない方向から利き手方向へゴブリンが動くのを待つ。俺は右利きだから、俺から見てゴブリンが左から右へ走るのを待つんだ。……よし、今だ！

足を広げて腰を落としてまわし、利き手の力を目一杯乗せて右から左へ横薙ぎに石斧を振るう。

当たった。ゴブリンの頭がグシャリと凹み、そのまま吹っ飛んでいき……。

「グギャッ」

短い呻き声を最後に動かなくなる。

よし、1匹倒した。

「ギギーッ！」

「きゃっ!?」

「大丈夫か!?　ルミス！」

振り返ると残り2匹のゴブリンが既にルミスに近づいていた。やっぱりルミスは不調らしい。前までならこんな簡単にゴブリンに近づかれたりなんかしなかったハズ……。

俺は急いでルミスに駆け寄る。その間にも状況は進んでいて、棍棒を避けようとして倒れ込んでいたルミスに1匹のゴブリンが馬乗りになろうと飛び掛かった。

それを「えいっ」と蹴り上げるルミス。ルミスの後ろで1つに結んだ明るい茶色の髪がバサリと舞うのと合わせてゴブリンが空に投げ出された。

こちらに背を向けて、蹴り上げられたゴブリンを見上げるもう1匹のゴブリン。俺はそいつに石斧を振り下ろす。こちらを振り向こうとしていたが、もう遅い！

あと1匹、蹴り上げられたゴブリンは地面に叩き付けられることなく、転がってすぐに立ち上がった。俺がそいつに駆け寄るその間にルミスが地面から砂をすくって投げつける。

「ギャギャッ!?」

「おらぁッ！」

砂の目つぶしをくらって隙をみせたゴブリンに、俺は走り寄った勢いをそのまま乗せてフルスイングで石斧を打ち付ける。

「はぁ、はぁ、……なんとかなったね」

「ああ。血の臭いで他の魔物が寄ってくる前に帰るぞ」

「うん。なんだかいつもより血の臭いもきついもんね、早く帰ろう。……あっ」

ルミスの発言を聞いていつもより臭いかと疑問に思ったが、そんな思いはすぐに消えた。立とうとしたルミスが痛がる表情を見せて尻餅をついたからだ。

「どうした？　足が痛むのか？」

「うん……、さっきゴブリンを蹴ったときに少し痛めたみたい」

つま先をさすりながらルミスがそう答えた。だけど魔物のいる森の中、しかも血の臭いがする場所でゆっくりなんてしてられない。

「しょうがない、おぶるぞ」

「え……、わっ、わっ」

「……よっと」

「わぁ」

俺はルミスをおぶって歩き出す。

俺とルミスは同じ孤児院で育った孤児だった。そして、15歳で成人して孤児院を出ることになった1年前、俺たちはそのまま冒険者になったんだ。ルミスと一緒にいるには他に選択肢なんてなかったから。だって、俺たちは生涯一緒にいるって誓いあった仲だもんな。

孤児院出身でも昔はそれなりに職があったらしいけど、今は孤児上がりに職なんて全くない。どうしてなのかと訊いたら、この国は少し前まで戦争をしていて国丸ごと貧乏になったんだとか。停戦後、弱った国に追い打ちをかけるように、雨が降らなくなって不作が何年も続いた。農家をしていた男はみんな冒険者か野盗になったなんて話も聞いたっけか。

薬草採取でなんとかやっていけてるとは言え、日々ギリギリの収入だ。装備もなかなか買えないから魔物討伐もできない。魔物討伐もできないから収入も増えないジレンマ。

でも俺たちは幸せな方だ。戦争で増えてしまった孤児は、孤児院にすら入れず野垂れ死ぬことが多いらしい。実際、俺たちが住んでる町でも裏路地に入れば死体がいくつか転がってるし。

「ん……？」

「どうしたの？」

「いや……」

何かが頬に当たった気がしたけど、気のせいか？

そう思っていると遠くからパラパラという音が聞こえてくる。

「なんだ……？　魔物の群れ？」

もうすぐ夏だというのにやけに寒い。それに、なにか空気も変わったような気がする。なんだか土の臭いがいつもよりキツイ。そして、パラパラという音がバラバラとうるさくなってきた。

「うわっ！」

「きゃ!?」

なにか液体をかけられた！　魔物の中には体液を飛ばして攻撃してくるヤツらがいる。そういうのを浴びると、だいたい肌が溶けたり火傷したりとやっかいなことになるんだ。

何かもわからない液体をこんなに大量に浴びてしまうのはヤバい！　しかも止む気配が全くないぞ!?

「走るぞ！」

液体はまわりの木や草にも容赦なく降り注いでいる。さっきから聞こえていたバラバラという音は、この降ってきた液体が草木に当たる音だったんだ。畜生、体が重くなって走りづらい。

「イリュー！　これただの水だよ！　雨だ！　たぶんこれが〝雨が降る〟だよ！」

「……雨？　これが？」

確かに体が溶けたり火傷したりなんてことにはなっていない。

見上げると木々の隙間の空は灰色に塗り潰されていた。上を向いたせいで降り注ぐ液体が目に入ってしまったけど、目が痛くなったりはしなかった。本当に水だ。

昔、ガキの頃に見た雨を思い出してみる。思い出せるのは、孤児院の建物の中からザーザーと水が降る外を眺めていた光景だった。

雨が降る中外に出たことはあっただろうか。雨の中にいると、当たり前だけど何もかもびしょびしょに濡れるんだな。ただの水なのにこれだけ降るとすごい音がする。雨の影響なのか、俺の体からモワモワと湯気が出てきていた。

町に戻るとお祭り騒ぎだった。

今朝まで死んだような顔をしていたオッサンどもが、どいつもこいつも笑顔ではしゃぎまわっていたんだ。

見習いメイドちゃんの1日 ✦ 妖精

お城の中をフラフラ飛ぶ私に、メイドさんや働いてる男の人たちが笑顔で手を振ってくれる。このお城に来てもう1ヶ月は経ってるからね、私もだいぶ馴染んできたもんよ。

今日は見習いメイドちゃんに付いてまわって1日観察中なのだ。見習いメイドちゃんが普段何してるのかなってちょっと気になったんだよね。

前に鳥籠メイドさんを1日観察したことがあったんだけど、鳥籠メイドさんは私がお城にいるときは私のそばにいようとするからなぁ。1日ずっと部屋にいることになっちゃったよ。観察しがいが全くなかった。その点、見習いメイドちゃんは色々と忙しそうに動き回っている。やっぱ観察対象はこうでなくっちゃ。

朝に私の部屋にやってきた見習いメイドちゃんは私の朝の身支度をした後、私が使った朝食の食器を厨房に持って行って、私の身支度グッズを洗って、また部屋に戻って今度は私の部屋を掃除してくれた。私の鳥籠も丁寧に拭いてくれたよ。

んで今は、掃除用具を片付けた後の移動中だ。

どこに行くんだろと思って付いていったら、たどり着いたのは厨房。そこで小さい食器に食事を盛り付けだした。これは私のお昼ごはんか。小さすぎてピンセットでお皿に並べてるよ。そして細《ほっそ》い筆でソースを塗って……。うわぁ、大変そう。

そしてできあがった料理をワゴンカートに載せていく。

前々から思ってたけどこのワゴンカート、魔力を感じるんだよね。調べてみるとどうも、上に載せた料理を魔力で保温できるっぽい。なるほど、だからこんなに小さい料理でも冷めないのか。

部屋に戻って私がお昼を食べた後、その食器を厨房に持って行って、ようやく見習いメイドちゃん自身の食事が始まった。いつでも私のお世話ができるようにするためか、鳥籠メイドさんとは食事時間をずらしてるっぽいね。私がずっと見てるからか、めちゃくちゃ食べづらそうにしてる。こっちは気にせず食べてよ、ほらほら。

食べ終わった後も見習いメイドちゃんの後ろを付いてまわっていたら、とあるドアの前で急にもじもじしてこちらを見てきた。

んー？　あ、トイレか。

ドアを透視して中を確認すると、そこはトイレだった。ごめんごめん、ちょっと離れてるよ。さささ、どうぞどうぞ。

その後は私の小さな服を洗濯。午前中に他のメイドさんが人間サイズの洗濯物を洗濯してたのを見たことあるけど、午前は普通の洗濯時間で午後は私の服を洗う時間なのかな。

洗い終わった私の服を干して、今度は鳥籠メイドさん監修のもとお茶を淹れる練習。人間サイズのティーポットで私サイズのティーカップに紅茶を淹れようとしてこぼしてを繰り返している。私が適当に飲んでる紅茶の裏にこんな努力があったんだなぁ……。

結局その日、見習いメイドちゃんは仕事だけで1日が終わってしまった。

お茶淹れ練習の後は夕食準備と片付け、私をお風呂に入れて、お風呂上がりの私のケア。それから他のメイドさんとお仕事のやり取りをして、ようやく自分の晩御飯。

なんか……、私は遊びまわってるだけでごめんなさいって感じになってきた。これはもう、見習いメイドちゃんに足を向けて寝られないよ。

って言うか、このお城って使用人が少なすぎるんだよね。人不足なのか1人の仕事量が多すぎる気がする。この国だとこんなもんなのかな。お城で働く人がもっと増えたらもっと楽になると思うんだけどなぁ。

王都へ　⁺⁺　イリュー

「なぁ、なんとかならねぇのか!?」

「んなこと言われてもなぁ、小僧」

「小僧じゃない。もう成人している」

「ヘッ、16じゃまだ小僧だよ」

　ゴブリン3匹を倒した日からかなりの日数が経った。

　痛めたルミスの足はすぐに良くなったものの、元々不調だったルミスの体調はどんどん悪くなっていく。だけど医者にかかる金《かね》なんてない。回復薬とかを使えば治るのかもしれないけど、ここ2年はポーションや回復薬が出回っているのを見たことがない。

　俺たちで回復薬の材料を採取しているというのに俺たちが使う回復薬が手に入らないなんて、すごい皮肉だ。

「だいたい俺達に訊かれてもなぁ。俺達ゃ冒険者だぜ？　ケガならアドバイスできるかもしれんが、病気はなぁ」

「てかなぁ、オマエらずっとギルドの軒先で野宿だろ？　そりゃ体も壊すっての。いい加減宿を取るくらいしろって」

　先輩冒険者がそう言って匙を投げる。こちらに向けていた視線も酒の方に向けられた。

この町には食べ物は足りていないのに何故かオッサンたちが飲む酒は尽きない。帝国がこの国を倒すために食料を取り上げて酒ばかり供給して駄目な人間を増やしているなんて笑い話もあるくらい、不思議と酒ばかりがある。

「えーと、なんだっけ？　眩暈がしてふらつき、いつも眠い？」

俺が立ち去らないのを見て、他の冒険者がルミスの話題を続けてくれた。

「んで、最近は腹痛もってか？」

「なのに咳やくしゃみはなくて風邪じゃねぇっつうんだろ？　こんだけ野郎がいるのに誰も知らない症状だ。もしかして女特有の症状なんじゃねぇか？　お前の孤児院の婆さん、そういうのに詳しいだろ」

「馬鹿おまえ、あの婆さんはもうくたばったたって」

「ああ、バァさんは半年前に死んじゃった」

俺がいた孤児院を取り仕切っていたバァさんは半年前に死んだ。育ての親みたいなもんだったから死んだらもっと悲しくなるかと思ったけど、それ程でもなかったのを覚えてる。そりゃ当然感謝はしてる。だけど1人が死んだ程度で悲しんでいられないほど、ここ数年で死んだ知り合いは多過ぎた。

このままだとルミスも死ぬかもしれない。そうと思うと、腹の底から得体のしれないモノが這い上がってくるような焦りを感じる。いやだ、絶対に死なせたくない。

でも、女性特有のかもしれないって言われても、こんなこと相談できる女の人なんていない。もうみんな、孤児上がりを相手にしてられるほど余裕がないんだ。

「あー。そういやオマエ、王都のウワサは知ってっか？」

「王都ぉ？　なんだオメェ、王都行ってたんか？」

「ちげぇよ、王都から来た商人に聞いただけだ。王都に妖精が来たってなぁ」

「妖精!?　オメェ妖精なんか信じてんのか？　乙女かよ！」

「ぎゃはははは！　妖精乙女！」

「そんなに妖精が好きならママに絵本でも読んでもらえよぉ！」

「うるっせぇ！」

俺をおいて騒ぎ出す先輩冒険者たち。どうやら話題はルミスの病気から王都のウワサに変わってしまったらしい。しょうがない、そろそろ離れるか。今日も薬草を採りに行かないと……。

「あー、待て待てオマエ！　まだ話は終わってねぇよ！」

「……なに？」

もみくちゃにされていたオッサンが顔だけこちらに向ける。まわりの冒険者も空気を読んでか静かになった。

「王都にな、なんでも治す妖精が来たって話だ」

「……本当か？」

こんな大真面目な顔で妖精がいるなんて話されたら、いつもなら他の先輩冒険者たちと同じように笑い飛ばしてたところだ。だけど今は可能性があるなら何にだってすがりたい。

「ウソかもしれんけどな……。こんな時代だ、このままルミスをほっといても死ぬ可能性が高いだろ。今は体を悪くしたらそのまま死ぬ時代だからな。ダメ元で行ってみたらどうだ？」

「王都か……」

この町からなら歩きでも10日あればたどり着けると聞いたことがある。だけどそれは、健康な大人が一度も魔物に襲われずに歩き続けた場合の話だったハズだ。

今はルミスの体調が思わしくない。その上、不作で落ちぶれたヤツらが野盗になって街道を封鎖してるって話だし……。

「王都かぁ。結構遠いな。でも今なら船が動いてる。船に乗れりゃぁ病人担いででも行けんことはないか？」

「つってもよぉオメェ、小僧に船賃なんて出せんのかよ。雨が降ってようやく動き出した船だ。今はみ～んな船に乗りたいって時期だろ。船賃も高ぇぜぇ？」

先輩冒険者たちがそう言う。

確かに船ならルミスを王都まで運べるかもしれない。でも船賃はない。ないけど、とりあえず河の街まで行ってみるか。どうやって船に乗るかはそれから考えよう。

◆

「ごめん……、ごめんね」

「あやまるなって。どうせあの町で名を上げたら次は王都に行って一発当てる予定だったんだ。それが早くなっただけだって」

河の街へ向かう馬車の中、ルミスが伏目がちにあやまってくる。

歩くときにたまにフラつく以外は、傍目から見ると割と元気そうだ。体調がすぐれないルミスをガタガタと揺れる馬車に乗せても大丈夫なのか心配だったけど、馬車移動は問題なさそう。これなら船も問題ないかと安心した。それでも、魔物や野盗に襲われたらルミスは戦えないだろう。

「ん……、こほっ」

「おい、大丈夫か？」

「あ、うん、大丈夫大丈夫。ちょっとこの馬車の臭いがキツイかなって……」

「ん？　そうか？」

「おい小僧！　ウルフだ！　料金分働けよぉ!?」

突然、この馬車を護衛しているもう1人の冒険者のカドケスが声を上げた。気付けば馬車の速度もかなり落ちている。

ルミス分の馬車賃はルミスのナイフを売り払ってまかなったけど、俺の馬車賃は足りなかった。だから俺は、この馬車が襲われたときは俺も護衛に参加するという条件で馬車賃を免除してもらっている。ギルドで護衛依頼を受けたのはもう1人の冒険者だけど、魔物が出たのなら俺も参加しないとな、と思ったんだけど……。

「どうしたカドケス。なぜ馬車に乗ってくる？　外に出て戦うんじゃないのか？」

「馬鹿が！　2人でウルフに敵う訳ねぇだろ！　だいたいお前は防具もないただの服だろうが。そんな装備で戦えっか！　臭いで追い払うんだよ！」

男の目線を追って馬車の前方を見るとウルフが1匹。

「群れると手に負えないらしいけど、1匹なら2人でもなんとかなるんじゃないか？　ウルフは速いんだろ？　逃げても追いつかれるんじゃ……」

「本当に1匹だけのはぐれなら堂々と俺達の前に出てくるかよ。相手は群れだ。まずはこれを渡しておく。俺が合図したら全力で指示した方向に投げろ」

「これは？」

「説明は後だ。小僧は後ろにいろ。おい御者、このままの速度で前進。俺がこれを投げたら全速力でとばせ！」

そう言ってカドケスは御車席に乗り出す。

「へい」

落ち着いて応えた御者がカポカポとゆっくり馬車を進ませる。町の外を何度も行き来しているためか魔物に襲われるのにも慣れているのかもしれない。カラカラと鳴る車輪、固唾を呑んで見守る乗客たち……、時間が引き延ばされたように長く感じる。

「おらッ！」

前方のウルフにかなり近づいたとき、カドケスが短く叫んで何かを投げた。

ウルフのやや右側にそれたソレは、はずれてしまったのかと思った瞬間地面に落ちてボフッと煙を出す。そして煙は風に乗ってウルフを包み込んだ。

「キャインッ!?」

「今だ、全速力！　おい小僧！　後方左側風上に向かってさっきのを投げろッ！」

「わかったッ！」

ガラガラとスピードを上げた馬車の揺れに耐えながら、言われた通りにさっき受け取っていた何かを投げる。

いつの間に集まっていたのか後方から数匹のウルフが追いかけて来ていたが、俺が投げたモノから出た煙が風に乗って広がり、その臭いを嫌ってかウルフが追いかけるスピードを落としたのが分かった。

「よーしよしよし、このまま逃げ切るぞ！」

「なぁ、さっきのは何だ？」

「ああ？　臭い玉だよ、魔物避けの」

カドケスは後方を見据えながらそうぶっきらぼうに答える。

「いいか小僧、若ぇヤツはすぐ戦いたがるけどな、魔物対策はできるだけ戦わずに済ませるのが定石だ。一番良いのは魔物と出会わないようにすること、もし出会っても逃げる。討伐任務でも罠とかを使ってできるだけ戦わない。生き残りたいなら覚えとけよ」

「魔物避けの臭い玉？　そんなのがあるならずっと臭いを出し続けてれば魔物に襲われることもないんじゃや？」

「馬鹿が。高ぇんだよアレ。常時使えるようなもんじゃねぇ。使うなら相手と自分の位置、それから風向きを確認してここぞというときに使え。分かったな?」

「ああ……」

「ケッ、アドバイスしてやってんだからもっと愛想よくしろよなお前。それから先輩には〝さん〟を付けろよ小僧」

「……わかった、カドケスさん」

「ふん、素直なとこは褒めてやるよ」

中級以上の冒険者はもっと魔物と積極的に戦ってるイメージだった。ギルドの酒場にいた先輩冒険者たちもよくどんなヤバい魔物を倒したかで自慢しあっていたんだけどな……。

「イリュー、お疲れ様!　ウルフを追い払えるなんて、もう立派な冒険者だね」

「ありがとう。でもカドケスさんにもらった臭い玉を投げただけだ」

もしかしたら冒険者って仕事は、俺が思ってたよりもずっと地味なのかもしれない。地味だけど危険な仕事だ。できればもっと安全で安定した仕事があれば良いんだけど……、今は普通に働いてる人でも野盗に落ちぶれる時代らしいからな。孤児上がりにはそんなおいしい仕事なんてない。

露店めぐり ✦ 妖精

街の人たちが笑顔でわーわーきゃーきゃー言ってくる。

つい昨日、河に流されたガキンチョを助けた私はすっかり街のヒーローだ。そんなヒーローの私が露店が並んだ大通りを飛べば、露店商のオッサンたちは我先にと私に貢ぎ物を差し出してくるってもんよ。

串焼きに果物、よく分からないちょっとした料理とかいろいろ……。私のまわりには受け取った料理がふわふわと浮かんでいる。フヘヘ、もう食べられないよぉ。

食べ終わった串焼きの串の処理に困ってふと気づく。この街にはあんまりゴミとか落ちてないんだよね。

中世ヨーロッパは道端に排泄物が放置されてたりしてすごく不衛生で臭かったって聞いたことがある。でもこの街はそんなことない。お城にはトイレもあったし、そういやこの街は下水道も完備してるんだった。さすが異世界、あくまで中世ヨーロッパっぽく見えるだけでよく見ると全然違うんだなぁ。

ダメ元で串焼きをもらった露店に戻ると食べ終わった串を回収してくれた。だけど追加でおかわりをもらってしまう。ふ、増える串焼きちゃん！　無限ループって怖くね？

食べきれない料理の処理に困ったので、冒険者ギルドにいた数人の冒険者の口に適当に突っ込んでおいた。目があったから受付の人にもおすそ分け。よく分からない料理を口の中に突っ込んでおいた。迷惑そうな顔をされるけど、私は王族のペットでさらに今は街のヒーローだからね。ふっふっふ、文句なんて言えないでしょうよ。

む、最初は迷惑そうな顔だったけど意外に美味しそうな反応？　しまったな、自分で食べれば良かった。次同じのをもらったら今度は自分で食べよっと。

順番待ち ✦ イリュー

「だから、王都行きの船は予約で埋まっているのですよ。あと10日くらいは待って頂かないと無理ですね」

「10日もか……」

馬車で河沿いの町に着いてすぐに船に乗ろうとしたけど、なかなかそう上手くはいかないらしい。船賃の問題以前に、王都行きの船はいっぱいでそもそも乗れる船がないそうだ。

「その〝双子神〟の影響ってのは何なんだ？」

「おや、河は初めてですかい？　〝双子神〟は知っておられるでしょう？」

そう言って船の行き来を管理をしている男が空を見上げた。空には〝双子神〟と呼ばれる2つの丸いモノが浮いている。

孤児院でも教えられたから俺でも知っているけど、あれが双子の神様らしい。神様ってのは俺たちが死にそうになっても何もしてくれやしない。そんな何もしない神様が、王都行きの船にいったい何をしてどう影響しているんだろう。

「見なされ。〝双子神〟様の片方、今は少し丸さが歪になっているでしょう？　〝双子神〟様のどちらもがまん丸になるとき、この河は海からテーベまで水が逆流するのですよ」

「うん……？」

テーベは王都の1つ南の町だったか。そこそこ大きな町だから名前は聞いたことがある。たしか河の水位をいじって船を上下させるとかなんとか……。

「テーベの王都側には閘門《こうもん》がありますから。知ってますかい？　閘門は高低差のある場所を船が行き交えるように、水を溜めたり抜いたりして水位を操作することでリフトのように船を上下させるんですけどね、そのおかげで河の逆流を遮断できる半面、船の航行は時間をかけて1隻ずつしかできないんですよ」

「ふむ……」

管理の男が話す閘門ってのは正直よく分からないけど、つまり船がテーベの町を通過するには1隻ずつになるから時間がかかるって話らしい。

とりあえず10日は船に乗れないことは分かった。その間に冒険者ギルドで依頼をこなして船賃を稼げば良いか。ルミスはまだ元気そうに見える。焦る必要はない。

「ところで、王都に妖精が出たって話は知っているか?」

「あー、最近よく訊かれますねぇ。しかし私もあまりよく知らないのですよ。何せ今船はみんな北へ向かってますから。逆流から避難していた船が北へ戻り終えれば、王都からの船も来るでしょう。それまでは王都の話はそれほど入ってきませんなぁ」

そう言って男は苦笑した。でも妖精の話をしている人が他にもいるということは分かった。良かった。全くのデタラメってワケじゃないらしい。

◆

それから10日間、俺は薬草採取をしながら乗れる船を探した。

同時に回復薬やポーションも探したけど、やっぱりこの町にも出回っていなかった。行き交う人が多い町だからもしかしたらと思ったのだけど……。ここまで無いとなると、国中から回復薬やポーションが無くなったって話も本当なのかもしれない。

ルミスの症状は徐々に悪化してきている。この町に来た最初の頃は一緒に薬草採取ができる日もあったのだけど、今は無理そうだ。顔は熱っぽくふらつく回数も増えた。最近は腹痛に加えて頭痛もあるらしい。

咳やくしゃみがなかったから風邪じゃないと思っていたけど、やっぱり風邪かもしれない。そう思って風邪薬を手に入れようとしたけども、それも全くない。貴族が買い占めたとか帝国が買い占めたとか、出てくるのはそんな噂話ばかりだった。

ルミスは体どころか最近は心も不調になってきたようだ。

イライラしていたり、そうかと思えばすごく落ち込んでいたり……。俺ですら不安なんだ。自分の命がかかっているルミスは俺なんかより相当不安なんだろう。心が参ってしまっても不思議じゃない。

雨が降って不作が解消されそうって話に加えて船が動き出し人の行き交いも回復したってことで、町は日に日に明るくなっていく。どこを見ても笑顔ばかりだ。なのに俺とルミスは日に日に暗くなっていく。

幸い船には乗れることになった。ギルドでねばって船の護衛依頼を勝ち取ったのだ。

この10日間で稼いだ金を全部ルミスの船賃にあてて、それでも足りない分は俺の護衛依頼の報酬から差し引かれる。王都に着いてもほぼ金が残らないことになるけど、それでも妖精に会えればなんとかなる。そう考えていないと、俺は気が狂いそうだった。

勘弁して ⁂ 新人受付嬢

「どこに行けば会えるかと訊かれましてもぉ、それは私共も分かりませんよぉ」

妖精の居場所を訊きにきた男の人に私はそう答える。

どうして妖精のことを冒険者ギルドの受付に訊きにくるんだろう。妖精絡みの問い合わせは今日だけでも3件目だ。しかも訊きにきた人たちはみんな、どうみても冒険者じゃない一般人だし。冒険者ギルドは観光地でも観光案内所でもないんだよ？　こっちはただの下っ端受付嬢なんだから妖精の居場所なんて把握してるワケないってば。

全く。今はホントに忙しいんだって。

船の運航が復帰してただでさえ護衛依頼の件数が増えてたのに、このまえの〝双子神〟様の逆流の影響で依頼がさらに増えてるんだよ。この上観光案内まで業務に追加されちゃったら本当にたまらない。

って言うか、あの妖精の行動ってホントむちゃくちゃだよね。数日前も突然現れたかと思ったらギルド内にいた人の口に次々と食べ物を突っ込んでいくんだもん。ホント勘弁して。あんなのの行動を予測して居場所を把握するなんて誰にだって無理でしょ。

「そうかい、困ったねぇ。聞いた話では冒険者ギルドに行けば妖精に会えるって話だったんだが……」

「冒険者ギルドへの依頼手続きでないのでしたら、申し訳ございませんがお引き取り願います」

「そうかい、失礼したね」

ふぅ、やっと帰った。でもすぐに次の人がやってくる。今度はちゃんと冒険者みたいだね、良かった良かった。

「おぅ、嬢ちゃん。この依頼を受けるぜ」

「はーい」

ふむふむ、〝双子神〟様逆流の災害復旧依頼だね。街の外の河にたまった瓦礫の撤去作業、その護衛か……。まぁ大丈夫かな、そこそこ実績もある冒険者さんだし見た目も強そうだもんね。

「承知しましたぁ。ではこちらの書類に……」

そうして問題なく手続きを進める。ふふ、受付業務も慣れたもんだよ。

〝双子神〟様の逆流と言えば、その対応でギルマスもサブマスも大変そうだったなぁ。

あの逆流は年に1度必ず起こるんだ。普通ならその被害の復旧対応にはこの王国の公的機関があたるハズなんだけど、帝国との戦争とかで今は公的機関に余剰人員がほとんどいないらしいんだよね。通常業務で手一杯って感じ。

だから今年は冒険者ギルドに災害復旧関連の依頼がいっぱい舞い込んできてるんだ。それでギルマスとサブマスはその事務処理に追われてるらしい。

依頼元も王城だったり河沿いの領主だったり被害を受けた民間団体だったり個人だったり様々で、ギルマス部屋は書類の山だったもん。あの書類整理にだけは巻き込まれたくないよ。今後昇進してったとしても、ギルマスとかサブマスには絶対なりたくないよねぇ。

しかもここ数年、雨不足で河の逆流はほとんど無視できるくらいにしか発生していなかった。だから当時どうやって災害復旧してたのかとかのノウハウが失伝してたらしい。

それだけじゃなくて、被害者向けにどういう手当があってどういう手続きをすれば良いのかとか、どんな被害が出たら誰の責任になるのかとか、そういった事務処理もほとんど忘れさられてたんだって。

当時仕切ってた人に確認しようにも、知ってそうな優秀な人は何故か病気とか事故でほとんど亡くなられてたって話だし……。

マニュアルでも作って誰でも対応できるようにしとけば良かったのになぁ。ま、後からなら何とでも言えるか。

「おぅ、ありがとよ！　そんじゃ行ってくるぜ」

「はーい、お気を付けてぇ」

手続きが終わった冒険者がカウンターを離れ、入れ替わりにまた新しい人がくる。

「あのぅ、妖精はここで会えるのでしょうか？」

うへぇ、本日4回目！　ホント勘弁して！

王都 ✧ ルミス

1日船に乗って閘門《こうもん》というものがあるテーベという大きな町に着いた。

そこで3日待って私たちの船が閘門を通過する順番が回ってきて、また船に乗って1日半。そうやって私達は、ついに王都にたどり着くことができた。

やっぱりイリューはすごい。出発時はほとんど資金なんてなかったのに王都にたどり着くなんて。

私は絶対無理だと思っていたのに、イリューはやり遂げてくれたんだ。私のために……。

船の上ではもともと悪かった体調がさらにどんどん悪くなっていってしまったけれど、船を降りた今はなんとか歩けるくらいには回復できた。

初めての船旅でよく分からないんだけれど、たぶんあれが船酔いだったんだと思う。揺れが原因って聞いたけれど、ゆっくりは揺れてもそんなに激しく揺れてるようには感じなかったんだけどな。

むしろトイレの方がキツかったと思う。個室の中に河の水面が見える穴が開いてるんだ。それだけ。みんなその穴に用を足すから今思い出すだけでも酷い臭いだった。そう言えば最近、やけに色々な臭いに敏感になった気がするな。

「でかい……、これが王都か」

「うん……」

テーベの町壁も高いと思ったけど、王都の壁はさらに高くて立派だ。

テーベでは体調が悪く、珍しいという閘門を見ても楽しむ余裕なんてなかった。だけど体調が少し回復してきた今は、王都の威容を見て楽しむ余裕がある。

中に入ると行き交う人の数も他の町とは比較にならないくらい多い。

建物の窓際に置かれている植木鉢には花が元気に咲いていた。雨が降るようになって花も普通に咲くようになったとは言え、街中なのにここまで元気に花が咲き誇るものなんだとびっくりする。

船から降りた後、たいして待つことなく王都に入れたのは良かった。

陸路で来た人と船で来た人の検問が別になっているらしく、陸路で来た人は街門外に長い列を作って待たされている。

船客は船に乗ってる間に調べておいて、船を降りたらすぐに王都に入れるようにしているらしい。たぶん、次の船がすぐに栈橋を使えるようにしているんだろうな。

イリューは船の護衛任務で船に乗っていたから、その達成報告のためにまずは冒険者ギルドに向かう必要がある。冒険者ギルドは街の中央にあるらしく、東門から入った私たちは東大通りと呼ばれる大きな大きな道をまっすぐ進んだ。

観光客向けの売り物が目立つ。これまで通ってきた町は観光客向けの店の軒先なんてすっからかんだったのに、王都には妖精をモチーフにした売り物でいっぱいだ。

「すごい活気だね……」

「ああ……」

イリューとの会話はぎこちない。理由は分かっている。私が原因だ……。

孤児院にいたときは私と歳が近い子がイリューだけだったから、私はイリューとずっと一緒にいた。朝起きてから孤児院の子供たちに割り当てられた仕事をこなすときも、食事のときも寝るときも……。

年長になって下の子たちの面倒をみるようになってようやく別々の行動が増えたのだけれど、それでもそんなに長く離れていたことはなかったと思う。それほどずっと一緒にいても、今みたいな気まずい雰囲気になるなんてなかったのに……。

孤児院を出るってなったとき、イリューと離れることになると思うと怖かった。イリューがいない状況でどうやって生きて行けば良いのか分からなかったんだ。だから、イリューから一緒に冒険者になろうと誘われたときは嬉しかった。

イリューはたぶん、本当は冒険者になんてなりたくなかったんだと思う。今は同業者になめられないようにぶっきらぼうな喋り方をしているけれど、昔はもっと優しい言葉使いだった。きっと、もっと安定した職に就きたいと思っていたハズ。でもイリューが私と一緒にお金を稼いでいくには、あの町では冒険者くらいしか選択肢がなかったんだ。

春過ぎに体調不良の兆しが出るまで、自分で言うのもなんだけど冒険者としてそこそこ順調だったと思う。メインは薬草採取だったけど、ちょっとずつでもお金を貯めることもできて採取用のナイフとかも2人分買うことができたんだ。イリューが器用に石斧を手作りして、それでゴブリンくらいなら倒せるようになった。

本当に、私の体調が悪くなるまではずっと順調だったのに、このままの生活がずっと続くと思ったのに……。

今はこの国全体が貧乏で、体調不良になると冒険者じゃなくてもそのまま死んでしまう人が多いらしい。それを知ったとき、私は死んでも良いと思った。

私は孤児としては幸せな方だと思う。野垂れ死ぬこともなく、孤児院に拾われて盗みなどの罪に手を出す必要もなく生きてこれて、そしてイリューと出会った。楽しかった。だからもう十分だと思った。

だけど、イリューに迷惑をかけるのは嫌だ。迷惑をかけてしまう自分自身に嫌悪して、どうしてもイライラしてしまう。そして私のイライラがさらにイリューに迷惑をかけてしまう。

どうせ死ぬのならいっそ今すぐ死んでしまえば良いのに。そう思うこともあるのだけれど、自分で死ぬのはどうしても怖くてできていない。

◆

「えー？　あなたたちもですかぁ？」

冒険者ギルドで依頼達成の報告をした後妖精のことについて尋ねると、間延びした喋り方をする受付の人が嫌そうに応えた。

「ここは観光案内所じゃないんですよぉ。冒険者のお仕事じゃないなら他をあたってください」

「こっちの仲間が体を悪くしているんだ。妖精なら病気を治せるって聞いてきた。ここに来るまで妖精に会いたいなら冒険者ギルドに行けば良いって言われたんだ」

面倒そうな態度の受付の人に、イリューが食い下がる。

「もう、誰ですかそんなこと吹聴しまわってる人ぉ。おかげでこっちは最近ずっと妖精妖精妖精って訊かれ続けてるんですよぉ？　ギルドが知るワケないじゃないですかぁ」

「そこをなんとか、あんたが知ってることだけでも」

「むぅ、しょうがないですねぇ。あなたたちは冒険者だから特別ですよ？　他の人にむやみに妖精なら冒険者ギルドだって言わないでくださいね。えーと、ほら」

そう言って受付の人がギルド内にある酒場を指差した。見ると男の人がこんな昼間から1人でお酒を飲んでいる。

「あの人が、たぶんこのギルドで一番妖精と親しい人物ですよ。あんまり喋らない人ですけど、新人の面倒見も良い人です。あの人に訊いてみてください。ほらほら」

あしらわれた私たちは紹介された人に声をかけるため近づく。まだ少し離れているのに、この距離からすでにお酒臭い。いったいいつからお酒を飲んでるんだろう。

妖精と親しい人物って言われると、どうしてもお姫様みたいな人物を思い浮かべちゃうんだけどな。言ってはなんだけど、この人はとても妖精と親しそうには見えない……。

出会い ⁂ 冒険者ダスター

「おい、ちょっと話させてもらって良いか？」

「あの……、はじめまして」

いつものようにギルド併設の酒場で飲んだくれていると、2人の若い男女が俺に話しかけてきた。

赤髪短髪の男と茶髪を後ろで縛った女だ。

見ない顔だな。冒険者か？

一瞬一般人かと思ったが、どうやら装備をまだ揃えられていない新人冒険者らしい。２人ともただの服を着ているだけで、特に女の方は本当にただの村人のようにしか見えない。しかし男の方は小さめとは言え石斧を背負っているうえに新人特有の背伸びした態度を感じる。冒険者はなめられたら終わりだから態度がでかくなりがちだが、実力の伴わない新人の間は傍目から見るとどうしても無理しているように見えるのだ。俺もそうだったから分かる。少し微笑ましい。

「……なんだ？」

「あんた、妖精と親しいって本当か？　どこに行けば妖精に会える？」

なるほど、妖精に会いに最近王都にやってきたクチか。昔は逆流の時期に観光客が増えて逆流が終わると閑散としてたもんだが、今年は逆流が終わった今の時期に妖精目当てで人が集まりだしているらしい。新人受付嬢も最近観光案内のような対応が多いとよく愚痴りにくるからな、相当な人数が集まってきてるんだろう。

しかし、どこに行けば妖精に会えるか、か。

そんなこと俺に訊かれても分からんのだが……。それに俺は妖精と親しいって訳じゃないからな。妖精が勝手に寄ってくるだけだ。

「……わからない」

「わからない？　受付であんたが妖精と親しいって聞いたんだが、何か情報はないのか？」

そうは言ってもな……、分からないものは分からないんだ。なんて答えればこいつは納得するだろうか。それも分からないな……。

「無言か。俺たちが新人だからってなめてるのか？　いや、情報料か？　いくらだ」

男が銅貨を押し付けてこようとするが、ここで下手に受け取ると話がややこしくなる。情報料を受け取っても答えられる情報なんてこっちにはないんだからな。

「……いや、……」

「どうした、はっきり答えろ」

「あー、……知らん。……分からんもんは分からん」

◆

ずっと見られている。

あの後も色々と訊かれたのだが妖精に関しては全て知らんで押し通した。すると２人は何処かへ行き、しばらくしてまた戻ってきたのだ。そのままテーブルの向かいに座ってずっと俺を監視してくる。トイレにも付いてこられたのには驚いた。

２人の監視は翌日も続いた。

どうやら俺がこの酒場で飲んでいると妖精が寄ってくると何処かで聞いてきたらしい。そんな頻繁には来ないいんだがなぁ。

まぁ、来るときはいつも突然だから、ずっと待ってるってのは悪い手じゃないのかもしれない。俺がいないときの話だが、数日前も突然やってきて、そのときはギルドに居た奴ら全員の口に食べ物を突っ込んでまわってたらしい。あの妖精の行動なんて誰にも予想が付かないのだ。何が正解かなんて分からない。

２人と出会って３日目、俺は薬草採取にでかけた。

こんな俺でも一応働いてはいるのだ。でないと生きていく金が尽きるからな。そうして薬草換金のために冒険者ギルドに戻ると、２人はまだ酒場にいた。いつも俺が座ってる席の向かい側に並んで座っている。

４日目、俺はまた２人に監視される１日を送った。

その間に知ったことだが、驚いたことにこの２人は宿も取らずギルドの軒先で野宿しているらしい。ギルド職員も困っていると聞いた。しかも碌にモノを食べていないようだ。そうまでしてあの妖精に会いたいのか。

５日目、俺は気まずさに耐えかねて２人に稽古を付けてやることにした。

しかし空腹で動けないだろうと思い、まずは飯を奢ってやる。３日に１度程度しか働かない俺でも２人くらいならなんとか奢る余裕もあるのだ。

「うまい。ありがとう、感謝する」

「ありがとうございます。色々とご迷惑をおかけしているのに、その上ごはんまで奢ってもらって……」

「……ん」

◆

「うがッ!?」

男の方《ほう》がうめき声を上げて訓練場を転がっていく。

しまった。妖精の影響で身体能力が上がっているんだった。ギルド裏の訓練場で軽く稽古を付けてやるだけのつもりだったが、やり過ぎたな……。

「ぐ……、あんた強いな」

「……」

答えづらい。これは俺の力じゃなく妖精の影響を受けただけなのだから、誇れるものではない。それに今そんなことを言うと、どうしても妖精に会いたいらしいこの2人に対して嫌味になるかもしれないからな。

そんなことより、何かアドバイスでもしてやらないと……。

「あー、……筋は、悪くない。……誰かに？」

「誰かに？」

「あー、えーと……な、誰かに、教わってたか？　戦い方を」

男が使っている手製の石斧、そのチープな見た目に反して戦い方はかなり基本に忠実だ。戦い方のセオリーをこの男に教え込んだ人物がいると推測できる。

「ああ、前にいた町の先輩たちに教わったんだ」

「……そうか」

この男は問題なさそうだ。少なくとも試合形式の対人戦なら教えることは特にない。ゴブリン程度なら討伐任務もこなせるだろう。

問題は女の方《ほう》か……。えーと……。

そういや、こいつらの名前ってなんだ？

自分の力で ⁺⁺ ルミス

「名前」

「え？」

「あー。俺は、ダスターだ」

突然お酒くさい冒険者さんが名乗って、そこでようやく私達は名前を名乗っていないことに気が付いた。

「あ、すみません！　私はルミス、そちらで倒れてるのがイリューです」

「……そうか。ルミス、足を痛めてるか？」

「え？」

慌てて名乗った私に対して冒険者さん、ダスターさんは足を痛めているか訊いてきた。どうしてだろう？　ここ最近は体調不良が続いているけれど足は特に痛めてないのに。

「……無意識か。右足、庇ってるぞ。……つま先」

「えーと？」

ダスターさんはブツ切りでボソッと喋るから、何を言いたいのかよく分からないことが多い。右足……、つま先……？

「あ」

そう言えば王都へ向けて出発するだいぶ前に、ゴブリンを蹴って右足のつま先を痛めていたことがあった。数日で治ったんだけど、それのことかな。

「ああ」

イリューも気付いたみたいだ。立ち上がりながら説明をしてくれる。

「だいぶ前にゴブリンに襲われたんだ。そのときルミスがゴブリンを蹴り上げた。それで足を痛めたんだ。治ったと思ってたんだが、ルミス、まだ痛むのか？」

「ううん、もう大丈夫だよ」

「……そうか。つま先で、蹴っただろう？」

「はい」

確かにあのときゴブリンをつま先で蹴り上げた。でもどうしてそこまで分かるんだろう。

「魔物は、意外と硬い。野生動物もだ。だから、つま先で蹴るな」

「はい」

「前向きにまっすぐ蹴るときは、足の、指の付け根で蹴るんだ……。こう」

そう言ってダスターさんはギルドの壁の正面に立って壁を軽く蹴る。

「なるほど……」

「膝を高く上げて、指の付け根で、押し出すように蹴れ。足は素早く引き戻すんだ。それで隙を小さくできる上に威力も上がる。引き戻しは重要だ。難しいなら足裏全体で蹴れば良い」

「はい……」

だんだんダスターさんが饒舌になってくる。なるほど、こんな喋り方でどうやって今まで冒険者を続けてこれたのかと思ってたけど、余計な会話が少ないだけで説明はちゃんとできるんだ。

「横向きに蹴るなら、足刀部《そくとうぶ》で蹴る。足裏の外側の部分だ。……ここ。蹴り足に体重をかけることで威力が上がる。だが、かけ過ぎるな。避けられたら、倒れるぞ……」

「はい」

「それから……、魔物相手には回し蹴りはするな。もし必要に迫られても脛で蹴るなよ。素人だと絶対に自分が負傷する。回し蹴りも指の付け根で蹴るんだ」

「分かりました」

「そもそもルミスは中衛だろう。蹴らざるを得ない状況に陥らないことが重要だ」

「確かに、そうですね」

「……と言うか、ルミスはかなり不調のようだが？」

「……はい」

「ルミスは病気なんだ。俺たちには医者にかかる金なんてない。ポーションや回復薬も探してるけど、王都でも見つからなかった。だから……、ルミスは妖精に会わないと駄目なんだ」

「……なるほど」

その後ダスターさんは夕食まで奢ってくれて、翌日には薬草採取に同行させてくれた。その上、王都周辺の簡単な地理や薬草の群生場所まで教えてくれたんだ。

イリューは妖精に会うことに固執している。だけれどそれじゃ駄目なんだと思う。私の体調が治っても治らなくても、イリューにはその後の生活がある。このままお金を稼がずに待ちに徹してしまえばイリューも自滅してしまう。それに、私の体調がずっと悪いと言ってもまだ本当に死ぬかは決まっていない。

私たちは自分の力で生きていく必要があるんだ。

観察 ･+･ 妖精

今日も今日とて街を探索していたんだけど、それで冒険者ギルドに寄ったとき珍しい光景を見つけてしまった。

いつもギルド内の飲食コーナーで1人さみしくお酒を飲みまくってる冒険者がいるんだけど、そのお酒ばっかり飲んでるお酒マンのテーブルになんと一緒に若いカップルが座ってるんだよね。男の方はボサボサ短髪赤髪青年とかいうどこの主人公だよって感じ。西洋人は日本人より年上に見えるって言うから、もしかしたらまだ高校生くらいかもしれないな。女の人は茶髪ロングでこの街ならよく見る普通の人。ここは冒険者ギルドだけど、2人ともザ・村人って感じだね。

飲んだくれのオッサンにも若い知り合いくらいいるかと思って最初はスルーしようと思ったんだけど、3人で同じテーブルの席に座ってるわりには一切会話がない。ずっと無言。1人でお酒を飲み続けるオッサンを若いカップルがずーっとガン見しているだけ。

こんなおかしな光景を前にスルーなんてできないって。だから、何がどうなってこんな状況になってるのか遠くからずっと観察中ってワケ。見つからないようにめちゃくちゃ遠くからね。私は人間より目が良いから遠くも見えるし、透視もできるから建物の外からでも観察し放題ってもんよ。

しばらく観察していて分かったことがある。これはたぶん新人いびりだ。

最初は一般人カップルの依頼をお酒マンが断ってる状況なのかと思ったけど、カップル側も冒険者な気がする。だって石斧背負ってるし。

で、そのカップルは明らかにお腹がすいてる感じなのに飲まず食わずで席に座ってるだけ。そしてその前でこれ見よがしにお酒を飲みまくるお酒マン。

なんて恐ろしい光景。これが新人いびりじゃなかったら何が新人いびりなんだ。だけど受付の人は見て見ぬふり。冒険者の闇を見てしまったかもしれない。

とは言っても、まだ確定はしてないんだよね。もしかしたらお酒マンは2人の悩み相談を受けてるだけかもしれないんだし。……いや、それだとずっと無言はおかしいか。

うーん、とにかくおかしな状況だけど、今の段階で私が口をだすべきじゃないと思う。

冒険者にも色々あるのかもしれないし、これが新人冒険者恒例の洗礼なのかもしれないんだから。

気になって翌日も冒険者ギルドに来てみたら、なんとびっくり件の3人は昨日とまったく同じように1つのテーブルを囲んで座っていた。

シュール過ぎてもはやホラーだよ。こわ。

3日目はお酒マンとカップルの男の方がいなくてカプ女《じょ》だけが座っていた。

他2人を捜してみると、カプ男《お》は街中で何か聞き込みをしまくってた。何か探してるっぽいなぁ。

何探してんだろ。それから、お酒マンは見つからなかった。

あと、信じられないことにこのカップルは毎日野宿しているらしいことに気づいた。

お城にいるとあんまり感じないけど、やっぱりこんな文化レベルだと生きていくのも厳しいんだなぁと思っちゃったね。せめて雨に濡れないようにと、数日晴れるように雨雲になりそうだった雲を風で吹き飛ばしておいた。暖かい気候って言っても雨に濡れながら寝るなんて風邪ひきそうだもんね。

4日目、ギルド奥の中庭でカップルがお酒マンを襲っていた。

よく分からないけど交渉が決裂してついに実力行使に移ったのかもしれない。なんて思ってあわてて止《と》めようとしたんだけど、どうやら普通に戦闘訓練をしているだけっぽい。よかった。

うーん、それにしてもお酒マンの動きがキモイ。

カップル2人は常識的な動きなんだけど、お酒マンの動きがとにかくキモイ。なんて言うか、人間の動きじゃない。と言うか、よく見えない。速すぎてワープしてるように見えるって。

私は視力が良いと言っても遠くが見えるだけで、特に動体視力が良いってワケじゃないからなぁ。速すぎると見えないよ。やっぱこの世界の一部の人間って身体能力ヤバいよね。

その後、お酒マンはギルドの壁を蹴りだした。

たぶん蹴り方の説明なんだろうけど、傍目から見てると壁に八つ当たりしてるヤバい酔っ払いにしか見えない。お酒マン、こわ。

あ、そうだ。

このままお酒マンが新人相手に無双するだけじゃつまらないよね。ちょっとカプ男に細工《お》しておこう。ボコられてへろへろになったとき、起死回生の一撃をお酒マンにぶっ放せるようにしておくんだ。圧勝したと思った歴戦冒険者をぶっ飛ばす新人冒険者の逆転劇、これぞ主人公ってもんよ。

くふふ、覚悟しておくんだね、お酒マン！

その翌日の5日目、3人そろってギルドにいなかった。さらに6日目、今度はお酒マンだけがいた。

うーん、あの2人は街の外から来てたっぽいし、ここでの用事が終わってまた旅立ってったのかなぁ。ってことは、あの2人の目的はお酒マンに稽古を付けてもらうことだったのか。お酒マンは蹴りが上手い蹴りマスターで、あの2人はそのマスターキックを伝授してもらって満足したのかもしれない。

あの2人は見かけによらず強くなることに貪欲だったのかも。次はマスターパンチを習得するためにパンチマスターを探しに行ってたりして。

……ま、たぶん間違ってるんだろうけど。

そんなことより、新人冒険者カプ男《お》のお酒マン逆襲劇が見れなかったなぁ。

あー、つまんな。

変化 ✧ イリュー

どうにかこうにか王都に着いて、妖精と親しいらしいダスターという冒険者と知り合うこともできた。だけどダスターという男からは妖精に関して知らぬ存ぜぬを貫き通されてしまった。最初は嫌がらせかと思ったけど、どうやら本当に妖精の居場所は分からないらしい。

街中《まちなか》で聞きまわってても出てくるのはふわっとした話ばかりだった。

確実に会うなら城に行けば良いらしい。あの妖精は城で暮らしてるってことも分かった。だけど孤児上がりの実績のない冒険者が城なんて入れるワケがないだろう。

妖精は頻繁に街にやってくるけど、連日来ることもあれば何日も来ないときもあるらしい。しかも露店を回っていたり子供と遊びまわっていたりと広範囲に行動しているようで、街のどこに出てくるか予想が付かない。

もちろんポーションや回復薬も探して市場から商業ギルド、薬師ギルドまでまわってみたけど、やっぱり王都にもなかった。帝国がこの国を堕とすためにポーション類を買い占めているってウワサは本当なのかもしれない。

それに、もしポーション類が見つかっても高騰していて買えないだろうと言われた。商売のことはよく分からないけど、数が少なくなったモノは値段が跳ね上がるらしい。医者にかかる金すらない俺たちだ。潔くポーション類探しはやめて妖精捜しに専念すべきだと思った。

だから俺は、妖精を見かけたら冒険者ギルドに知らせてほしいと街の人たちにお願いして俺自身はギルドでじっと待機することにした。

妖精には会えていないけど、幸いダスターという男はとても良いヤツだった。稽古をつけてくれたり王都でやっていくための知識を教えてくれたりしたんだ。

普通、出会ったばかりの相手に無償でここまで親切にするようなヤツはいない。いれば詐欺のカモにされるだけだ。

だけどダスターは強い。稽古のときは動きに付いていけないどころか、動きを目で追うことすらできなかった。あそこまで強いと人に親切にする余裕も生まれるのかもしれない。

それで俺は、ルミスが治るまでこのダスターという男をとことんまで利用してやろうと思った。飯も奢ってくれるし、この男について行けばルミスに無理をさせずに稼ぎも得られる。最悪妖精と出会えなかったとしても、医者にかかる金を稼ぐことができないだろうか。そんなことを思っていた。

「それは駄目だよ」

だけど、そんな俺の思いはルミスに否定されることになった。

「罪悪感か？　こっちは生きるだけで必死、あっちは3日に1度しか働かなくても生きていける余裕のある最上級冒険者だ。罪悪感なんて覚える必要はないだろ」

「ダスターさんに悪いってのもあるけど……、このままじゃイリューが駄目になっちゃう。私のことは良いから自分の今後のことを考えてみて。ダスターさんが突然いなくなったらどうするつもりなの？　それに、ダスターさんは上級じゃなくて中級冒険者だって受付の人が言ってたよ」

「あの強さで中級？　冗談だろう？　……いや、その話は置いておこう。まずはルミスの病気を治すことが最優先だ。俺のことはその後で良い」

「駄目だって。まずは王都でも自分たちだけで稼げるようになろう？　私は確かに最近体の調子が悪いけれど、まだ死ぬって決まったわけじゃない。このままずーっと妖精を待ってるだけじゃ駄目だと思うんだよ」

「む……」

ここまで俺の意見がルミスに反対されたのは初めてだ。今まで何か問題があってもルミスは基本俺の意見に従ってるだけだった。初めてのことに戸惑ってしまう。そうでなくても最近ルミスとの会話はぎこちなかったと言うのに……。

いや、駄目だ。ルミスのためにルミスの思いを無視するのは駄目だろう。

「じゃぁ、俺たちだけで依頼を受けるか？」

「うん。そうした方が良いと思う。幸い王都でも薬草採取だけで稼げるらしいし、王都の西には初心者向けの林があるって教えてもらった。そこで薬草採取をがんばろ？」

「〝初心者の林〟か？　確か結構距離があったハズだぞ？　行くのに半日かかる。向こうでの活動時間を考えると日帰りは難しい」

「大丈夫だよ。弱い魔物ばっかりって話だし、野宿なら今だってしてるでしょ？　でも初めての場所だからまずは日帰りで下見だけしよ？　朝一番に王都を出れば、昼過ぎに着けるハズだよ。それから少し林に入ってみて、日が落ちる前に王都に戻ろう」

「そうか……。だけど、体は大丈夫なのか？」

王都に着いてからルミスは前より体調がマシに見える。だけどあまり満足に食べられてないからか、腕や足は前より細い。それなのに腹は太くなってきてるような気がする。

もといた町に転がっていた死体は、腕や足はガリガリなのに何故か腹が膨れてるものが多かった。

女に腹が出たなんて言えば機嫌を悪くするのは俺でも知ってるから本人には言えていないけど、ルミスもあの死体のようになってしまいそうで怖いんだ。

「大丈夫大丈夫。王都に着いてからなんだかとっても体調が良いんだよ」

「そうか……。ああ、分かった」

少し心配だけど、体調は本当に良さそうだ。

しかし、ルミスがこんなに具体的な提案をできたなんて知らなかったな……。

俺はどこかでルミスを下に見ていたのかもしれない。ルミスとの会話がぎこちなくなったのは、ルミスの病気だけが原因じゃなかったのだろう。今まで俺たちのことはルミスのことも含め全部俺の好きなようにしてきた。……してきてしまった。だけどそれは間違いだったんだ。それじゃぁ駄目なんだ。

これからはルミスの意見も取り入れて、２人で生きていくんだ。

絶体絶命 ✧ルミス

朝から王都の西門を抜け、半日かけて〝初心者の林〟へ向かった。

日帰りを予定しているとは言え、戻るのは日が落ちる少し前になる。もしものことを考えてギルドにも行き先と今日中に帰ることを伝えてあるから、何かあって帰れなくなっても助けがくると思う。心配することは何もない。

初心者向けと言うだけあって道中は特に問題なかった。

私の体調も王都に着いてからかなり良い。最初は船酔いから回復したから体調が良くなったと錯覚してるんだと思っていたけど、今は前々からの体調不良自体がウソだったかのように元気だ。やっぱり死ぬなんてことはなくて一時的に不調だっただけなのかもしれない。

そう思っていたのだけれど、王都を離れれば離れるほど体調が悪くなってきている。お腹が重い。長時間の徒歩移動でぶり返してしまったのだろうか。でも、まだこの程度なら問題なく行動できる。今日1日くらいなら大丈夫なハズだ。

林に到着してみると、林と言うには広すぎると思った。確かに森と言うほどには鬱蒼としていなくて、草木で地面が見えないということはない。生えてる木々の間隔は密集している場所でも片手を広げた程度には開いていて、林内の地面を見渡すこともできる。

だけど、林の向こう側が見えるほどスカスカなワケでもなくて、林と言うにはかなり広いんだろうと想像できた。私たちが王都に来る前に活動していた森より広いかもしれない。

なるほど、これほど広ければ王都の初心者冒険者が集まってもお互いに邪魔にならないだろう。

「思ったより広いぞ。視界は開けてるからいきなり魔物に襲われるようなことはないと思うけど、奥に行き過ぎると出口が分からなくなるかもしれない」

「昼間なら大丈夫だよ。ほら、林の中でも空が見える。イリューも知ってるでしょ？　太陽の位置で方角が分かるんだって」

「む……。えーと、木の影の長さで時間が分かって、その時間の太陽の位置で方向が分かるんだったか」

「そうそう。でも、念のため入るのは林の外が見える場所までにしよっか。今日は下見だけだし無理する必要ないよね」

「ああ、分かった。その範囲でどんな薬草が生えてるかとか、金になりそうなことを調べていこう」

「うん。あ、見て見て！　ほら、これも買い取りしてもらえる薬草だよ。こんなにすぐ見つかるなら結構稼げそうだね！」

◆

「おい……」

不安そうなイリューの声を受けて、薬草探しのために落としていた視線を上げる。すると、イリューはこっちじゃなくて後ろを向いていた。

「どうしたの？」

「来た方向を見てみろ。林の外が見えない。……奥まで入り過ぎたらしい」

「あ……」

イリューに言われて私も来た方向を見てみると、確かに林の外は見えなかった。まわりを一周ぐるっと見渡してみても林の外は見えない。見る方向を間違えてるワケじゃなくて本当に奥まで入り過ぎてしまったらしい。

しまったな、予想以上に薬草が生えていたものだから夢中になり過ぎてしまった。どの方向も似たような木が生えていて、一度向いてる方向を忘れると二度と方角が分からなくなってしまうような恐怖があった。

「でも大丈夫だよ。方向が分かれば迷子になんてならない。あ……」

方角を確かめるために太陽の位置を確認しようとして空を見上げてみると、木々に遮られて空がほとんど見えなかった。しまった。林の外側なら空が見えていたのに、奥までくると空が見えないんだ！

「太陽が見えないな……」

慌ててもう一度周りを見渡す。私たちがもともと活動していた森は、起伏があったり岩が転がっていたりして、そういうのを目印に自分の居場所を把握できていた。だけどこの林はまっ平な地面にどれも似たような木ばかり……。

「大丈夫だ。あっちから来たんだ。あっちに行けば出れるハズさ」

「う、うん……。ごめんね、私の想定があまかったよ」

「いや、俺も奥まで入り過ぎてることに気付かなかったんだ。俺も同じさ」

◆

もと来た道を戻るだけ。それだけで良かったハズだった。だけど、想定外というのはどこにでもある。

「ゴブリンか……」

「うん」

林の外へ向けて歩いていると、進行方向に1匹のゴブリンがいた。戦闘になると方角が分からなくなるかもしれない。そうなるとお手上げだ。林の外側へ近付けば太陽が見えるハズなんだけど、今はまだ見えない。今方向感覚を失うと致命的だ。

「あっちもこちらに気づいてる。迂回しようとしても襲ってくるだろうな」

「うん」

「相手は1匹だ。さっさと倒してしまおう。俺1人で行く。ルミスはそのまま進行方向を把握しておいてくれ」

「わかった。がんばって」

「ああ」

イリューが背負っていた石斧を構えて走り出す。私は牽制用に周りに落ちていた小石を広い集めた。

いつも通りだ。ゴブリンなら前いた森でも何度か倒している。いつも通りやれば問題ない。それに、ダスターさんとの薬草採取で得たなけなしのお金で臭い袋を1つ買ってきてある。体は重く感じるけれど大丈夫。

イリューの突進に驚いたのか、ゴブリンはドタドタと走って逃げだした。それを追うイリュー。どうしよう、このままだと離れ過ぎちゃう。追いかけないと。

私はかかえていた牽制用の石を1つだけ残してあとは捨て、走ってイリューを追いかけた。すると、前方の木の陰から3匹のゴブリンが出てきて弓矢を構える。

誘いこまれたんだ！

ゴブリンは劣勢でもほとんど逃げないことで有名だ。1匹目のゴブリンが逃げ出したときに疑問に思うべきだった。この林は初心者向けって聞いていたから、そんなもんかと思ってしまっていた。それに林から出れないかもという焦りもあった。判断ミスだ。

このまま突っ込んでも1匹目のゴブリンを倒すのは難しいと思う。矢に邪魔されて近付けないだろう。

「イリュー下がって！」

引き返すイリューを1匹目のゴブリンが追いかけてくる。私は手に持っていた石を投げつけてそれを阻んだ。なんとかイリューと合流して、さぁ逃げようと思って後ろを振り向くと、なんと後ろにもゴブリンが数匹いた。

挟み撃ちされてる！

「走れッ！　左側が空いてる！」

イリューに続いて私も走り出す。完全に包囲される前に抜け出さないとここで死ぬしかない。

「それから、採取用の袋をつけろ！」

「わかった！」

私とイリューは採取した薬草を入れるための大きめの袋をマントにように肩にかける。弓矢を使う敵から逃げるための冒険者の知恵だ。本当かどうか知らないけれど、布をマントのように纏っておくと後ろからの矢を阻んでくれるらしい。

――ヒュンッ　ヒュンッヒュンッ　ビーン！

後ろから矢が飛んでくる。木に刺さった矢の震える音がやけに大きく聞こえ、恐怖心を煽られる。だけれど、ゴブリンは弓矢がそれほど上手くはないらしい。飛距離も短いし狙いもあまい。けれど、逃げている最中にもゴブリンが増えている気がする。ドタドタという足音とガサガサという草の音が明らかに増えている。これが絶対絶命って状態なのかもしれない。

私たちが今まで相手にしてきたゴブリンは多くて5匹、しかもあのときは弓矢持ちのゴブリンはいなかった。

「落ち着いてジグザグに走れ。木を盾にするんだ！　頑張れ！」

「はぁ、はぁ、う、うん！」

駄目だ、体が重い。速く走れない。イリューに遅れないように走るにはどうしても動きが直線的になってしまう。こんな状況なのに眠気すら出てきた。

「風上側が空いた！　風上に走って臭い玉を使おう！」

「はぁ、はぁ、わか、った！」

さすがイリューだ。風上から臭い玉を投げつければ風下のゴブリンを全部足止めできるハズ。成功すればいくらゴブリンが多くてもこの危機から抜け出せるだろう。もうひと踏ん張り、頑張らないと！

最後の気力を振り絞って風上に走る。もう駄目だ、走れない。買っておいた臭い玉をなんとかイリューに渡して、私は倒れ込んでしまった。

「頑張ったなルミス。さぁ、これで終わりだッ！」

イリューが投げた臭い玉が山なりの軌道を描いて飛んでいき、地面に当たると同時にボフッという音を立てて煙が広がった。その煙は風に流されて風下のゴブリンたちの方へ広がっていく。これでゴブリンたちの足止めができるハズだ。そう思っていたのに……。

「おかしい。ゴブリンどもが止まらない！」

「そんな!?　どうして!?」

寄ってくるゴブリンの速度は落ちたものの、立ち止まったり引き返していくような素振りは見せず、臭い玉の煙を突っ切ってまっすぐこちらに向かってくる！　王都まで来るときに襲われたウルフは臭い玉でなんとかなったのに！

「考えるのは後だ！　ルミス、立てるか!?」

イリューの言葉を受けて立とうとする……けれど、立てない。足に力が入らない。頭が痛い、お腹が重い。一度切れてしまった気力はなかなか出てこない。どうして私は肝心なときに……。

「立てない……。私をおいて逃げてッ！」

「バカ！　応戦する！」

石斧を振り上げて臨戦態勢を取るイリュー。駄目だ。こんな数相手に勝てるワケない！　けれどイリューは逃げる気がない。なんとかしないとイリューが死んじゃう！

イリューが石斧を振り回して飛んでくる矢を振り払いながら、前衛のゴブリンに向かっていく。立てない私は少しでもイリューの手助けになるようにと手当たり次第に周りの石を投げつけた。だけどこんな最悪の体調で投げる石に威力なんて出るハズもない。

「ぐっ……！」

四方八方から矢を射られてイリューが傷だらけになっていく。まだ致命傷は受けてないようだけど、こんなの時間の問題だ。矢を撃たせちゃいけない。私は弓を撃とうとしているゴブリンに向けて石を投げていく。

良かった。どうやらへろへろの投石でも弓矢の狙いを外させるには十分のようだ。その間にイリューが1匹ずつ前衛ゴブリンを倒していく。

「ギギャーッ！」

投石で弓矢を邪魔する私が地味に邪魔だと感じたのだろう。ゴブリンが私に走り寄ってきた。体調は悪いが疲労は少し回復している。そろそろ立てそうか。いや、立たないと死んでしまう。

応戦するために腰のナイフを引き抜こうとして気づいた。しまった！　ナイフは馬車賃のために売り払ったんだった！

襲い掛かってきたゴブリンを咄嗟に蹴ろうとして……、「膝を高く上げて、指の付け根で、押し出すように蹴れ」唐突にダスターさんのアドバイスが頭の中で再生された。

近づいてくるゴブリン……、全てが、スローモーションに見える……。

立ち上がり……、膝を高く上げろ、そして、足の指を反らして、指の付け根を当てる！　そのまま体重を乗せろ、ゴブリンに寄り掛かる感じで！

ゴブリンは走ってきた勢いそのままに私の足の指の付け根に当たり「グゲ」と小さい声を上げて転がっていった。そのままゴブリンは動かない。口から血を吐いている。

もしかして、倒した……？

「グゲーッ！」

私を襲おうとしていた他のゴブリンたちが、足を止めて威嚇の声を上げる。下手に近寄ったら危ないと感じてくれたのかもしれない。

——ヒュンッ
「あうっ」

「ルミス!?」

飛んできた矢が左腕に刺さる。１匹倒して油断していた。

「畜生！　どけ、ゴブリンどもがッ！」

そう叫んだイリューの体が突然光り輝く。よく分からないけれど、とにかく伏せなきゃいけない。

何故かそう感じた私は咄嗟に倒れ込んだ。

「うおおおおおおおッ!!」

「グゲーッ!?」

「ギャギャーッ!?」

イリューが横薙ぎに振るった石斧から光が広がりゴブリンたちを吹き飛ばしていく。

なにがなんだか分からないけれど、光が収まったときにはイリューの前側にいたゴブリンたちは1匹残らず消え失せていた。イリューの後ろにいるゴブリンたちは驚きかたまり動けないでいる。

「はっ、はっ、はっ、はぁ、はぁ……。なんだ……？　これ……？」

「イリュー！　大丈夫!?」

「あ、ああ……」

「逃げよう、今なら逃げられるよ！」

「ああ……、そうだな。乗れ。背負っていく」

「うん、お願い。ごめんね」

「構わない。しっかりつかまってろよ！」

妖精 ⁂ イリュー

逃げ切れた。

最後の光る一撃はよく分からないけど、とにかくゴブリンどもからは逃げ切ることができた。あの後走り続けていたが幸いなことに他の魔物に出会うこともなかった。

しかし完全に迷ってしまう。もはや空が見えるか見えないかという話ではなく、完全に日が落ちてしまった。こうなると太陽の位置で方角を確認するなんて不可能だ。星の位置でも方角が分かるって話を昔聞いたことがあるけど、そんな知識俺たちにはない。仮にあったとしても、そもそも空が見えない。

辺りは真っ暗で何も見えず、こうなるとここでこのまま一夜を明かすしかない。だけど、もちろん野営の準備なんかしてきていない。でも大丈夫だ。野宿は慣れてるからな。今が暖かい夏で良かったと心底思う。

真っ暗の中手探りで、昼飯のために用意していた携帯食料をルミスと食べる。

ルミスの様子は暗くて見えないが相当つらそうだ。ルミスが矢を受けた左腕の止血は明るいうちに済ませてあるけど、素人処置だから早く王都に戻りたい。医者にかかる金はないけどダスターなら上手く処置してくれそうな気がする。

それに病気の症状も心配だ。ルミスの体調は王都に着いてからかなり良くなっていたと思っていたのに、この林に来てからは明らかにつらそうだった。

俺は大丈夫だ。俺も血だらけだったけど、よくよく見たら全部かすり傷だった。

携帯食料を食べ終えてから、2人でくっつき採取用袋を被ってルミスを寝かせる。俺は寝るワケにはいかない。こんな魔物がいる林の中で見張り無しで寝るなんて自殺行為だ。

手探りで採取用袋を被ったときに気づいたのだけど、ルミスの採取用袋には矢が何本か刺さっていた。

採取用袋をマントのように纏っていなければルミスは矢が刺さって死んでいたかもしれない。そう思ってゾッとした。布切れで矢を防げるなんて半信半疑だったけど、先輩冒険者の豆知識は馬鹿にできないと強く思った。

夜は長い。夏だから朝は冬よりも早く明るくなるハズだけど、真っ暗闇で1人で起きているとどれくらいの時間が経ったのか全く分からない。

1人でじっとしていると、どうしても昼間のゴブリン戦を思い出してしまう。

臭い玉が効かなかったのは痛かった。どうして効かなかったのだろうかと改めて考える。そう言えば犬は臭いに敏感だと誰かから聞いたっけ。昔見たことがある犬は何にでも鼻を近付けていた。ウルフは見た目が犬に似ている。ウルフも臭いに敏感で、だから臭い玉が効くのかもしれない。そしてゴブリンはそれほど鼻が良くないってことか。

ダスターの戦闘訓練は役に立った。

1回こっきりの訓練だったけど、あれほど速く動けるヤツを他に見たことがない。ダスターに比べればゴブリンの動きは子供みたいなもんだ。あれで中級冒険者か……。

俺がこのまま冒険者を続けていても、ダスターほど強くなれるとはとても思えない。ルミスにも昔言われたことがあるけど、やっぱり俺は冒険者に向いてなかったんだ。

王都に戻れたら冒険者以外の職を探した方が良いのだろうか。もといた町だと孤児上がりにまともな職なんてなかったけど、あれだけ広い王都なら探せばあるかもしれない。それに、孤児院を出た1年前とは状況が違う。雨が降って船が動いて、不作も解消する見込みが出てきてるらしい。就ける職も増えてるかもしれない。

それにしても、最後の光る一撃はなんだったんだろう。あれがなければ確実に死んでいた。いくら考えても分からない。奇跡と言うしかなかった。

◆

いろいろなことをつらつらと考えていると、辺りがうっすらと明るくなってきた。朝だ。

空はほとんど見えないけど、朝もやの中、木々の葉の間から低い角度で光が伸びる。もしかして、この光が伸びる方向に太陽があるんじゃないか？　太陽は王都の方向から昇るハズだ。なら、この光の方へ進めば王都側へ林を抜けられるんじゃ？

「おい。おい、ルミス。朝だ、起きろ。王都の方向が分かったぞ！」

帰れる希望が見えてきた。そう思ったのに、ルミスを見て絶句した。ルミスは汗だくでうずくまっている。寝ていると言うよりは気を失っているような感じで今にも死にそうだ！

「……ッ！　おい！　大丈夫か⁉　死ぬな、死ぬなよ⁉」

腹の奥から気持ち悪い感覚が口に向けてせり上がってくる。これが絶望という感覚なのかもしれない。

どうしてこんなことに……。ちょっと稼ぎ場を下見しにきただけだったのに。せっかくゴブリンから逃げられたのに。奇跡までおきて希望を見せてからのこの仕打ち、あんまりだ……！

いや……、まだ死んでいない。諦めるのは早い。奇跡は1回起きたんだ。もう1回くらい起きても良いハズだ。

「ルミス、担ぐぞ。王都に帰るからな」

ルミスの汗を軽く拭いてやり担ぎ上げようとする。

すると、木々の葉の間から伸びる光の線に交じって小さな小さな光が浮かんでいるのに気づいた。

最初は日の光が何かに反射しているのかと思ったけど、その光はまっすぐ俺たちの方へ向かってきているようだ。

なんだ……？　知らない魔物か？　結構な速さだ。走っても逃げきれないだろう。どうする……？　いや、あれは……、妖精か……？　妖精だ！

小さな光は小さな女に透明の羽が生えた、まさに妖精という見た目だった。

「おい！　おいおまえ！　妖精だ！　妖精だろう？　ルミスを治してくれ！　頼む、頼むよ！」

必死に妖精に懇願する。だけど妖精は首を傾げるばかりで何かしようとする素振りも見せない。

「なぜだ？　王都のヤツらはみんな治したんだろ？　どうしてルミスは治してくれない!?」

すると、ふいに妖精がルミスを指さした。ルミスを見ると腕の傷が治っている！

表情もいくらかマシになってるようだ。ありがたい、妖精はルミスを治してくれたんだ！

「おい、おいルミス！　起きれるか!?　妖精がおまえを治してくれたぞ！」

「……う、うーん」

ルミスは治った。そのハズだ。だけどなにか違和感がある。

「イリュー……？」

「ああ、ルミス。体調はどうだ？」

「うん？　うん……。あ、少し楽かも」

「少し……？　まだ、体に不調が？」

「え？　う、うん。ごめんね」

なぜだ、妖精は何でも治してくれるんじゃなかったのか？

確かに傷は完治してくれたようだ。俺の傷もいつの間にか治ってる。

だけど、見るだけでルミスの病気は完治していないことが分かる。どうして……、どうしてルミスの病気は治らない!?

「おい妖精！　ルミスは病気なんだ！　それも治してくれよ！　頼む、頼むよ！　お願いだ！」

「え？　妖精？　わ！　ホントに妖精だ！」

ルミスは妖精を見てのんきに笑顔になる。だけどおまえ、妖精にも治せない病気だったら確実に死ぬんだぞ……！

「なぁ、妖精！　……うわ!?」

「きゃっ!?」

ルミスの病気を治すように頼んでいると、しばらく首を傾げていた妖精は突然俺たち2人を宙に浮かせてすごいスピードで飛び始めた！

なんだ!?　どういうことだ!?

いったい俺たちをどこに連れてこうって言うんだ!?

うんこ？ ✧ 妖精

カップル新人冒険者がいなくなって2日目、今日もなんとなく朝から冒険者ギルドにやってきた。

そしたらお酒マンと受付の人がなんか騒いでる。珍しい。

気になって近づいてみると2人ともこちらを見てきた。んで、なんか地図を出してきてその地図のある場所を指差して、なんか色々言ってくる。必死さは伝わってくるんだけど、何言ってるかは全然伝わってこない。

うーん、なんだかよくわからないけど地図を出して場所を示してるんだから、たぶんそこへ行けってことなんだと思う。しかも急いだ方が良さそうだ。必死ってことは切羽詰まってるってことだもんね。

急いで地図の場所に向かおうとするも、街から離れれば離れるほど私のホログラム地図と見せられた紙の地図に矛盾が出てくる。

たぶん見せられた地図はそんなに精度がよくない地図だったんだ。そりゃ中世っぽい文明だもんね。まだまだ地図作成技術がしょっぱいんだろう。

でもま、たぶんここだ。私は小さな森を見下ろす。

地図で指差してたのは小さな森だった。この辺に森はここしかない。森と言うか、大きな林と言った方が良いのかもしれないちょっと微妙なラインだけど。

で、この森でどうすれば良いのかもなんとなくわかった気がする。私の地図上で森の真ん中あたりに青点が2つ表示されてるんだ。

つまりこれは、救助要請を受けたけど微妙に遠くて間に合わないから、代わりに私を救助に派遣したってことなんだろうね。

だとすれば早く青点に向かわないと。なんだか片方の青点の表示がだいぶ薄く小さくなってる気がする。かなり弱ってるのかもしれない。しかもなんか表示がブレブレだ。見ようによっては青点が3つにも見えるような？　3人いる？

急いで青点のところへ行ってみると、なんとカップル冒険者がいた。要救助者発見！

3人いるかもしれないと思ったけど、やっぱり2人だった。カプ女《じょ》の方がうずくまっててつらそうだ。腕の傷が酷そうだね。

カプ男《お》がなにやら必死に叫んでくる。たぶん助けてって言ってるんだろうけど、ほらほらよく見て。もう傷は治したってば。

傷が治ってることに気づいたカプ男《お》がカプ女《じょ》を起こしてカプ女《じょ》が目を覚ます。

あれ？　おかしいな……。

カプ男《お》もカプ女《じょ》も全回復させたハズなんだけど、なんかカプ女《じょ》がまだしんどそうにしてる。

風邪？　いやいや、私の回復魔法は風邪だろうがケガだろうが全部ひっくるめて完治させるハズだよ。でもやっぱりなんかお腹の辺りを痛がってる。

ははぁ～ん、これはアレだね。

体調良好完全健康なのにお腹が痛いって、それはもう1つしかないじゃない。トイレだ。しかもこの痛がり方、大きい方。カプ女《じょ》は朝一うんこ派なんだね。

野宿してる冒険者なんだからトイレくらい待ってれば適当にその辺で済ませてくるかと思ってたけど、どうもそんな感じじゃないらしい。もしかして本当に病気か何かかと思ってもう1度回復魔法をかけてみるけど、すこし楽になる程度で根本的には解決してないっぽい。

もしかして女の子だから外でやりたくないとかあるんだろうか。それって冒険者としてどうなんだろう。すぐ帰るつもりだったから外でやる予定はなかったとか？　で、避難要請をするくらいの想定外が起きてトイレ大の限界がきたと……。

まぁ、表情的にまだ余裕があるっぽいから、できるだけ外ではしたくないって気持ちは理解できる。女の子だもんね。この国はトイレがある。トイレがある文明ってことは、そこに住む人たちは外でやるのに羞恥心があるってことだ。

あー、でもどうしよっかな。

まだ余裕がありそうだとは言え、急いでトイレに連れてった方が良い気がする。だってこの森から最寄りのトイレはお城のある街でしょ。歩いてたら絶対半日くらいかかるって。しょーがない、私が連れてってあげようか。

でもトイレのある場所なんて私はお城しかしらない。一般冒険者をお城に連れてくのは気が引けるなぁ。緊急事態ってことで許してくれるかな。お城の外からやってくる商人っぽい人もお城のトイレ使ってたから大丈夫か。

よし、お城のトイレへ連れていこう。

転職 ⁂ イリュー

妖精に連れられてたどり着いたのは、王都の城の中の、下働きの人たちが働く場所だった。そして妖精は、俺たちをここに置いてからすぐにどこかへ行ってしまった。

俺たちのような下級冒険者は普通城なんて入れない。だけど妖精が俺たちを連れてきたことを見ていた人が多かったから不法侵入者の扱いは受けずに済んだ。

「私《わたくし》は妖精様付きの侍女、シルエラでございます。あなた方はどちら様でございましょう？」

見たこともない綺麗な部屋に移動させられた後、しばらくすると侍女服の女がやってきてそう訊いてきた。

「俺はイリュー、こっちはルミスだ。冒険者をやっている」

シルエラと名乗った侍女が素早く視線を動かし、俺たちは全身を観察される。冒険者相手にここまで無遠慮に全身を観察するのは敵対行為に近いんだけど、今はおとなしくしておくしかない。向こうからすれば突然城の奥に来た不審者としか思えないのだろうし。

「では、何故王城に来られたのでしょうか？」

「分からない。ルミスが病気で、それで妖精に治療をお願いしたんだ。でも、治療はしてもらえたんだけど病気は治らなかった。その後突然、妖精にここまで連れてこられたんだ」

「妖精様でも治せない病気……？　失礼ではございますが、それほど深刻な病状には見て取れませんが……。あなた、ご症状は？」

訊かれたルミスは素直に症状を答えていく。

最初はたまに眩暈や立ち眩みがあるだけだったらしい。それが春頃の話。そして気だるくなる日が多くなりはじめて、夜寝ても眠気を感じるようになっていたそうだ。そこまではなんだか最近調子が悪いなと思った程度。

だけど腹痛が続くようになった。さらに熱っぽくなり頭痛が始まって、それからだんだん腹が重いと感じるようになっていったと。

「なるほど。臭いに敏感になったり、食べ物の好みが変わったりとかはございましたか？」

「え……？　食べ物の好みは特に……。臭いは、少し敏感になったかも」

そう言えば、ルミスは馬車の臭いが気になるとか言っていた気がする。思い返せばゴブリンの血の臭いにも過剰に反応していた。

「まさか……、ルミスの病気が何か分かるのか？　治せるのか？　金はないんだけど……、頼む、どうすれば良いか教えてくれ！」

「落ち着いてください。まだ私の推測に過ぎませんので今の段階ではお答えすることはできかねます。専門の者を呼んで参りましょう」

そう言われて、次にやってきたのは小奇麗なバァさんだった。俺は医者にかかったことがないから断定できないけど、このバァさんは医者のようには見えない。この人が専門の者？

それからルミスの体を調べるから席を外せと言われ、不安顔なルミスを残して別室待機となった。この部屋もびっくりするほど高価に見える。下手に物に触らない方が良いだろう。

しばらくすると呼び戻され、ルミスの居る部屋に入ると……、ルミスは今まで見たことがないくらいの満面の笑みを浮かべていた。

「病気は……、治ったのか？」

「はぁ……、ホント無知は怖いねぇ。これは病気じゃないさ、おめでただよ」

呆れた顔でバァさんが答える。

「おめでた……？」

「イリュー。私、妊娠したみたいなの。子どもができるんだよ！」

「妊娠……、こ……ども？　え、あ……。そ、そうか、そうだったのか」

ルミスは死なない。それで、俺たちの子どもが産まれるんだ！

「よかった……、よかったルミス。おめでとう……、おめでとう」

「うん、ありがとう」

「まったく。妊婦連れまわして林でゴブリン討伐だって？　本当に若い冒険者は無茶をする。よくお腹の子が無事だったもんだよ。妖精様のおかげだろうね、感謝するんだよ」

「あ、ああ……。分かった。ルミスも、すまなかった」

「ううん。私も気づかなかったんだもん、私も同じだよ」

「〝初心者の林〟は確かに初心者向けとされておりますが、林の中心部はそれなりに危険だと言われておりますよ。今後初めての場所へ向かわれる際には、下調べを十分になされた方が宜しいかと」

「ああ、今度からそうする」

侍女が言う通りだ。初心者向けという言葉を信じて下調べを怠ったことが、あれほどのゴブリンに襲われた原因だろう。

「いやいや、今度も何もおまえさん。少なくともルミスの方はもう冒険者なんざできやしないさね。妊婦に激しい運動は厳禁だ。子が無事に産まれてからも子育てがある。子がある程度育つまでは冒険者業なんざ無理さね」

「そう……か。そうだよな」

「だいたい何故今まで妊娠に気付かなかったもんかね。まわりの女性に訊けばすぐに分かったろうに」

確かに、そうだったかもしれない。

出身地の町では声をかけられる女の人なんていなかった。孤児が声をかけてまともに相手する女の人はいなかったんだ。みんな餓死ギリギリの極貧生活を強いられてた。そんなときに孤児が話しかければ自分の食べ物を強請られる、最悪盗まれると思われていたんだろう。

だけど、王都に着いてからなら女の人に訊くこともできたと思う。王都の人は俺たちが孤児だと知らないワケだし、それに王都は食べ物に困ってるようには見えなかったから。それこそギルドの受付嬢にでも訊けば良かったんだ。でも、妖精やポーション類の情報を得ることに必死になり過ぎていた。

いや、今はそんなことを考えてる場合じゃない。過ぎたことはもうしょうがないんだ。これからのことを考えないと。

もうルミスは冒険者ができない。それに俺も、このまま冒険者を続けていられる自信はなくなってしまった。どう足掻いてもダスターのようにはなれないだろう。

「……あの、お願いがある。あります」

「何でございましょう？」

「俺を王城で雇ってくれませんか!?　何でもします！　お願いします！」

膝をつき必死に懇願する。

「ふむ……」

「私も！　私もお願いします！　激しい動きはできないと思いますが、頑張ります！」

ルミスがそう言って、それから静寂につつまれた。早く答えを得たいという思いと、断られる時間を先延ばしにしたいという思いがせめぎ合う。

どれくらい時間が経っただろうか。最初に声を発したのはバァさんだった。

「はぁ、……どうするんだい？」

「……このお2人は妖精様が王城までお連れされました。であれば悪いお方達ではないのでしょう。

……分かりました。上に掛け合ってみましょう」

「ありがとうございますッ！」

「ありがとうございます！」

「あまり期待はなさらぬよう。私程度の推薦では確実性に欠けますので。それでももし採用が決まりましたら、それは妖精様のおかげでございましょう。妖精様に感謝されますように」

「はい！」

「あの、妖精様に関してなのですが、1つ聞きたいことが」

「何でございますか？」

「妖精様は、人を強化する魔法も使えたりしますか？　ゴブリンの群れに襲われたとき、体が光ってすごい力が出たんです」

「妖精様は騎士団に強化魔法をおかけになられたことがございます。その際、強化された騎士団からは光が降り注いだと聞き及んでおりますよ」

「やっぱり……。ありがとうございます」

妖精様は俺たちの救世主だったんだ。ゴブリンの群れを一掃できたあの光る一撃も、きっと妖精様のおかげだったに違いない。

それに、妖精様はルミスが病気じゃないってことにも気づいていたんだろう。だから最初は俺たちの前に姿を現さなかった。だけど妊娠したまま無理に冒険者を続けるルミスを見て、王城で働けるようにここまで連れてきてくれたんだ。

妖精様には感謝しかない。妖精様に少しでも恩を返せるよう、せいいっぱい王城の仕事を頑張ろう。それで、ルミスと幸せに暮らすんだ！

ありがとうございます、妖精様。

しーらないっと ·:· 妖精

あれから数日後、私は衝撃的なことに気づいてしまった。トイレに連れてきたカップル冒険者がお城で働かされてる！　なんでなんで？　何があって冒険者廃業してお城勤めになっちゃったの？

あ、そういえばヨーロッパだと公衆トイレは有料だった気がする。

あのカップルは街中《まちなか》でも野宿してたくらいだからお金なんて持ってなかったに違いない。だからトイレ料金が払えなかったんだ。だってお城のトイレなんて絶対セレブ向けでしょ。普通の一般庶民用トイレよりも高いに違いないよ。

それでトイレ料金を払えなかったカップル冒険者は、払えないなら働いて返せって言われたんだ。きっとそうに違いない。

私が連れてきたから私のせい？

私が代わりに払えって？

私だって一銭も持ってないよ。あの２人が働いて返せる額だと信じるしかない。

……私はしーらないっと。

あとがき

「小さな妖精に転生しました①」を手に取っていただき本当にありがとうございます。

はじめまして、ｆｅと申します。読みは「えふいー」です。

本作はＷＥＢ小説をもとにアース・スターノベル様から書籍化させていただいた作品となります。ＷＥＢ版を書くにあたっての心境などはＷＥＢにて書かせていただきましたので、ここでは書籍化にあたっての心境などを書かせていただこうかなと思います。

本作は書籍化決定から書籍販売まで他作品よりも時間がかかったのではないかと思います。お待ちいただいていた読者様方には申し訳ありませんでした。

それには色々とあったのです。本当に色々と。いやぁ、波乱万丈でしたねぇ。

とは言っても私はただ待っていただけで、実際に解決に尽力していただいたのは担当編集Ｉ様なのですが。いや、本当にお世話になりました。

本作は視点がコロコロと変わり、その度に話数が変わる構成となっています。

そのため話数が変わるたびに大き目の見出しが入るという本来のアース・スターノベル様のフォ

ーマットでは読み辛いだろうとフォーマットから変えていただくことになりました。そのうえカバーは通常よりも豪華な紙を使っていただけることになったそうです。このあとがきを書いている段階ではまだ完成品がないのですが、読者様はお気付きになられましたでしょうか？　豪華でしたか？　こういった細かい点でも担当編集者様にはお世話になりました。

カバーと言えば、riritto様のイラストも素晴らしいですね。

自分が考えたキャラクターをプロのイラストレーター様に描いていただける機会なんてなかなかないので非常に感動しました。某お城のゲームで知っていたイラストレーター様なだけに感動もひとしおです。本当にありがとうございました。

内容としましては、1巻ではなんとなくダラダラとした展開の話だなぁという印象を受けられたと思います。この無意味に見える妖精さんの行動が2巻ではドミノ倒しのように繋がっていきますのでご期待ください。

本作では妖精さんの行動はほぼ全て伏線《フラグ》になっている構成なのですが、これは書籍化にあたって結構な足枷となってしまいました。書き下ろしエピソードや特典SSで不用意に妖精さんを動かせば後々の本編に影響を与えかねませんので、どうしても妖精さんの行動を制限する必要があったのです。

書き下ろしエピソード「妖精を求めて」はそういった制約の中、新人冒険者を通して妖精さんが王国を訪れる前後の地方の状況をお伝えしつつ、2巻での主な舞台となる〝初心者の林〟、WEBでは描写不足だった船のエレベータがある町の描写を補完するといった目的で書かせていただきました。楽しんでいただければ幸いです。

書籍化作業としましては、思ったより作業量が多く大変でした。WEB版への読者様の感想などを糧になんとか頑張れましたが、とても大変な作業でしたね。本編10万字程度をあげた後に読み切り5万字をメールにて要求された際には「5千字の誤字かな?」と思ったものです。

メールでのやり取りも衝撃でした。昼間は私に本業があるため編集者様とのやり取りはどうしても夜になるのですが、深夜2時頃に出したメールの返信が早朝4時頃に返ってきたりするのです。おそろしいですね。

それでは、2巻でお会いできることを期待して今回はここまでとさせていただきます。最後までお付き合いいただきありがとうございました。

とても 楽しく
描かせて頂きました！
ありがとうございました

メイドなら当然です。
万能メイドさんの
異世界紀行
濡れ衣を着せられた万能メイドさんは旅に出ることにしました
三上康明
Illustration
キンタ

異世界ガール・ミーツ・メイドストーリー！

地味で小柄なメイドのニナは、
ある日「主人が大切にしていた壺を割った」という冤罪により、
お屋敷を放逐されてしまう。
行き場を失ったニナは、
お屋敷の中しか知らなかった生活から心機一転、
初めての旅に出ることに。

初めてお屋敷以外の世界を知ったニナは、
旅先で「不運な」少女たちと出会うことになる。

異常な魔力量を誇るのに魔法が上手く扱えない、
魔導士のエミリ。
すばらしく頭がいいのになぜか実験が成功しない、
発明家のアストリッド。
食事が合わずにお腹を空かせて全然力が出ない、
月狼族のティエン。

彼女たちは、万能メイド、ニナとの出会いにより
本来の才能が開花し……。

1巻の特設ページこちら

コミカライズ絶賛連載中！

戦国小町苦労譚
転生した大聖女は、
聖女であることをひた隠す
領民0人スタートの
辺境領主様
ヘルモード
～やり込み好きのゲーマーは
廃設定の異世界で無双する～
二度転生した少年は
Sランク冒険者として平穏に過ごす
～前世が賢者で英雄だったボクは
来世では地味に生きる～
俺は全てを【パリイ】する
～逆勘違いの世界最強は
冒険者になりたい～
反逆のソウルイーター
～弱者は不要といわれて
剣聖（父）に追放されました～
毎月15日刊行!!
最新情報は
こちら

無職の英雄
別にスキルなんか
要らなかったんだが
もふもふとむくむくと
異世界漂流生活
冒険者になりたいと
都に出て行った娘が
Sランクになってた
メイドなら当然です。
濡れ衣を着せられた
万能メイドさんは
旅に出ることにしました
万魔の主の魔物図鑑
―最高の仲間モンスターと
異世界探索―
生まれた直後に捨てられたけど、
前世が大賢者だったので
余裕で生きてます
偽典・演義
～とある策士の三國志～
ようこそ、異世界へ!!
EARTH STAR
NOVEL
アース・スターノベル

EARTH STAR NOVEL

小さな妖精に転生しました ①
～好き勝手に過ごしていたら色々問題が解決していたようです～

発行 ——— 2024年5月15日　初版第1刷発行

著者 ——— fe

イラストレーター ——— riritto

装丁デザイン ——— ナルティス：粟村佳苗

発行者 ——— 幕内和博

編集 ——— 今井辰実

発行所 ——— 株式会社アース・スター エンターテイメント
〒141-0021　東京都品川区上大崎3-1-1
目黒セントラルスクエア　7F
TEL：03-5561-7630
FAX：03-5561-7632

印刷・製本 ——— 中央精版印刷株式会社

ISBN 978-4-8030-1946-9